Sœur

Abel Quentin

Sœur

Éditions de
L'Observatoire

ISBN : 979-10-329-0591-3
Dépôt légal : 2019, août
2e tirage : 2019, août

170 *bis*, boulevard du Montparnasse, 75014 Paris

À Claire B.

« Et pourtant, quelque part, ailleurs, la douleur continuait son grignotement de rat. »

Pierre Drieu la Rochelle, *Gilles* ,
Éditions Gallimard, 1939.

« Il y a quelque chose d'effroyablement pur dans leur violence, dans leur soif de se transformer. Elles renoncent à leurs racines, elles prennent pour modèles les révolutionnaires dont les convictions sont appliquées le plus impitoyablement. Machines impossibles à enrayer, elles fabriquent la haine qui est le moteur de leur idéalisme d'airain. »

Philip Roth, *Pastorale américaine*,
traduit de l'américain par Josée Kamoun,
Éditions Gallimard, 1999.

OÙ L'ON EST EN DROIT DE S'INQUIÉTER POUR DOUNIA

Chafia racle le sol du bout de ses baskets, et la gomme imprime des traces noirâtres sur le linoléum.

Elle a demandé l'heure.

Elle est assise sur un tabouret en plastique moulé, entre les deux bureaux en vis-à-vis qui mangent l'essentiel de la pièce, avec la grande armoire métallique. Ils sont trois, elle et les deux flics, un homme et une femme, piégés entre les cloisons en placoplâtre qu'on devine ajoutées au gré de l'évolution du service, découpant en bureaux étroits ce qui a dû être un vaste *open space*.

Ils ne l'ont pas menottée.

L'homme est court, charpenté, centre de gravité bas, il porte un pantalon de treillis et un T-shirt à manches longues. La femme s'en tire avec un cul haut perché et une queue de cheval. Des ombres passent, furtives, derrière la porte en verre dépoli.

Le bureau sans apprêt ne raconte rien que de très sobre et très fonctionnel. Un panneau de liège trahit, seul, ses occupants et leurs secrètes passions : entre un fascicule de prévention (SÉCURITÉ ROUTIÈRE, TOUS RESPONSABLES) et un planning d'astreinte se balance un fanion frangé d'or aux couleurs du Real Madrid. Il y a aussi, posée à côté du clavier de l'homme, une figurine en résine du guerrier Thorgal.

La porte s'ouvre. Un grand type roux passe une tête ennuyée pour savoir où en est l'audition, parce qu'il voudrait bien récupérer son bureau, hein, et la porte ouverte un instant charrie l'ambiance du commissariat, sonneries de portable, grésillements de talkies-walkies, conversations et raclements de chaise, rugissement lointain d'une disqueuse. L'homme en treillis répond qu'il est désolé, ils ont pris du retard à cause d'un « souci avec la caméra », l'autre dit « qu'est ce qu'on en a à battre de la caméra t'es pas en procédure criminelle » et l'homme en treillis répond qu'elle est mineure, « donc les auditions doivent être filmées », pas mécontent de rabattre le caquet du grand roux qui ne bouge pas, la bouche entrouverte, les yeux plissés, fouillant à l'intérieur de lui-même pour trouver une réplique qui lui permettrait de s'en tirer sans déshonneur, mais rien ne vient. Il opte pour la moue circonspecte de celui qui n'est pas totalement convaincu de la vérité qu'on lui assène mais qui ne se battra pas pour faire valoir la sienne, et il part en bougonnant, il a besoin de son bureau, merde.

L'homme en treillis décoche un rictus méprisant en triturant la figurine de Thorgal, pièce maîtresse d'une petite collection conservée à domicile où se côtoient Spirou, Buck Danny et Natacha-hôtesse-de-l'air. Puis il l'envoie valdinguer d'une pichenette sans appel, histoire de signifier au monde ce qu'il pense de leur rouquin propriétaire qui les traque sans doute au fond des boîtes de céréales, avec la joie pure d'un enfant de six ans.

Chafia bâille.

Le ciel plombé, à travers les stores vénitiens, ne lui apprend pas grand-chose alors elle a demandé l'heure. L'homme en treillis lui a dit sèchement qu'il n'était pas là pour répondre à ses questions, son sourire découvrant sa gencive supérieure tandis qu'il ajoute : « Pourquoi, t'as un rencart, t'es pressée, t'as peur de louper Koh Lanta ? » Il lui demande ce qui urge tant, on a vingt-quatre heures à passer ensemble, peut-être plus si le procureur veut jouer les prolongations, donc franchement.

Il dit cela en se malaxant le coude comme s'il était douloureux, il en fait un peu des caisses, sans doute a-t-il envie que sa collègue le plaigne mais elle est absorbée par sa frappe monotone, Chafia l'entend taper dans son dos, une frappe lente et concentrée, peut-être les ultimes retouches au procès-verbal de notification des droits. Elle a parlé d'une grosse coquille, il faudra le signer de nouveau.

Chafia sent monter la haine, doucement. Ce matin déjà elle s'était retenue de ne pas lui casser l'arête du nez, lorsqu'il avait échangé sa chaise contre un tabouret au prétexte qu'elle était avachie.

Elle répond qu'elle veut connaître l'heure pour faire sa prière, c'est tout, et elle ajoute cette phrase qui pue le bluff à trois sous : « Vas-y, je connais mes droits, vous allez pas me la faire à l'envers », avec un petit air crâne qu'elle aurait voulu être celui de Pablo Escobar face aux policiers de Medellín, mais elle a manqué son effet et l'homme en treillis la considère en penchant la tête sur le côté, comme on regarde un chiot malade. Il y a un silence, la collègue suspend sa frappe et rétorque que non, elle ne connaît pas ses droits, elle ne connaît rien à rien d'ailleurs, mais qu'elle aura bientôt l'occasion d'acquérir une solide connaissance de la procédure pénale, une fois mise en examen pour association de malfaiteurs en lien avec une entreprise terroriste. Elle dit ça comme ça, pour ce que ça vaut, et elle reprend ses gammes de dactylo.

Okay, dit Chafia.

Très bien, elle ne répondra pas aux questions.

Elle s'avance au bord du tabouret, se penche en avant, la tête entre ses mains, coudes plantés dans le gras des cuisses, elle regarde ses pompes, et elle prie. Elle récite la prière d'ouverture, enfin les premiers mots qui lui viennent de tête car rapidement elle bute, tâtonne, une syllabe manquante lui faisant perdre le fil de sa mélopée, elle continue à bouger les lèvres pour ne pas perdre la face, au cas où ils regarderaient, elle essaie de faire le vide, se transporte dans un espace neutre et laiteux, ça y est, ça vient, elle raccroche les wagons de la sourate Al-Fatiha, « Au nom d'Allah, celui qui fait miséricorde, le Miséricordieux, Louange à Allah, Seigneur des mondes, celui qui fait miséricorde, le Miséricordieux, le Roi du Jour du Jugement » et puis de nouveau le trou noir, alors elle se contente de répéter *Allahu akbar*, *Allahu akbar*, *Allahu akbar*, allez bien niquer vos mères.

L'homme soupire, jette un regard à sa collègue qui lui fait un signe de tête. Il saisit la petite webcam qu'il décale de quelques centimètres, s'assurant qu'elle cadre bien la gardée à vue. Puis il frappe un grand coup sur le bureau. Chafia sursaute.

– Allez, on va arrêter les conneries. Parle-moi un peu de Dounia. Dis-nous où elle est en ce moment.

– Je la connais pas.

– Ça, tu vois, ça me va pas du tout comme réponse. Dans une demi-heure, je dois appeler le proc pour lui rendre compte de ta garde à vue. Tu veux que je lui dise que tu lui proposes d'aller se faire foutre ? T'es dans la merde, ma pauvre. T'es dans la merde mais tu peux encore limiter la casse. Alors arrête de faire la belle.

– T'inquiète pas pour moi, j'arrangerai ça avec le procureur, j'le connais, c'est mon pote.

– Ta gueule.

– Oui, réfléchis un peu, dit doucement la femme, depuis son bureau.

Leur numéro était bien rodé : il beuglait, elle jouait la meuf arrangeante.

Chafia se retourne vers elle, ouvre la bouche pour parler mais l'homme frappe de nouveau, du plat de la main. Un stabilo décapuchonné va rejoindre Thorgal sur le lino.

– C'est à moi que tu parles. C'est moi que tu regardes.
– C'est bon elle m'a parlé donc je...
– C'est moi qui te pose des questions, c'est moi que tu regardes.
– Va-z-y c'est bon.
– Une dernière fois : Dounia Bousaïd.

Sans la lâcher du regard il allonge la main vers un tiroir, sous le bureau en contreplaqué. Il attrape un dossier souple, en retire une photo grand format. On y voit six jeunes filles portant le *hijab,* attablées dans un fast-food. Un numéro a été ajouté au feutre épais au-dessus de chacune de leurs têtes, comme des flammes de la Pentecôte. Chafia se reconnaît immédiatement en numéro quatre, rencognée sur la banquette, son petit nez de surmulot et ses yeux cernés de ténèbres. Dounia est immortalisée à ses côtés, de profil, en pleine oraison, bouche ouverte et doigt accusateur. Elle a le numéro un, évidemment.

– Franchement, le *Chicken Spot*, soupire la femme. Vous auriez pu au moins aller dans un truc hallal.

– Ouais, c'est pas très sérieux, dit l'homme. Vous êtes vraiment des branques.

– Je ne la connais pas, répète Chafia, avec un large sourire qui soutient hardiment le contraire. Et elle se dit que Dounia aurait été fière de ce sourire.

– La question n'est pas de savoir si tu la connais, ma grande. Bien sûr que tu la connais. La question est de savoir où elle est. Elle a disparu depuis une semaine, et j'ai besoin de savoir où elle est. Toi, t'es que dalle, t'es rien. Mais elle, elle nous fait un peu flipper, tu vois. Donc on n'aime pas rester trop longtemps sans avoir de ses nouvelles.

Sur ce point, Chafia n'est pas loin de partager l'avis du flic. Elle n'aime pas ce silence de Dounia, qui ressemble de plus en plus à une disparition. Elle aimerait pouvoir lui répondre que oui, bien sûr, elle sait où se trouve Dounia mais qu'elle crèverait la bouche ouverte plutôt que de parler, elle aimerait pouvoir leur confirmer qu'elle est sa confidente, que la communion de leur deux âmes est aussi parfaite que le *Tawhid* lui-même, qu'elle connaît chacune des pensées secrètes de la grande Dounia, la « Lionçonne du califat », l'irrésistible *soul sister* à l'éloquence de feu, mais la vérité est qu'elle n'a plus la moindre nouvelle depuis cinq jours, et autant de nuits blanches. Alors elle se retient de ne pas craquer en lui demandant s'ils tiennent une piste, s'ils ont trouvé quelque chose chez elle lors de la perquisition, un mot, une lettre, des consignes, n'importe quoi. Est-ce qu'elle est encore en France ? Chafia veut y croire un peu, même si dans le milieu on sait bien ce que signifie un silence radio qui s'éternise. Elle a envisagé toutes les hypothèses et se raccroche désespérément à la moins probable, celle d'un stratagème imaginé par Dounia qui aurait disparu exprès, quelques jours, afin de tester sa protégée et s'assurer que celle-ci tiendrait bon, en garde à vue, sous le feu roulant des questions de flics. Une sorte de bizutage, qui correspondrait assez à son goût de la mise en scène. Cette pensée lui donne un peu de courage.

– Sur le Coran, je la connais pas. Et au fait, *Chicken Spot* est hallal.

L'homme lâche un soupir consterné.

– Laisse le Coran tranquille. Très bien, on va s'arrêter. Je vais pas passer deux heures à te tendre des perches. T'as envie d'aller au placard, eh ben tu vas y aller ma grande, qu'est-ce que tu veux que je te dise ?

– « Je la connais pas... », répète sa collègue d'une voix neutre, tandis qu'elle tape.

– Elle a dit : « Sur le Coran, je la connais pas. » Si on veut être précis, corrige l'homme.

– Ouais, ricane Chafia.

– Toi la ramène pas. Et puisque tu veux pas parler de Dounia, tu vas me parler de quelqu'un d'autre. Tu vas me parler de Jenny Marchand.

De nouveau la femme a interrompu ses gammes. Du bout du pied, l'homme actionne le variateur d'intensité de la lampe halogène et Chafia regarde, songeuse, les fines particules qui dansent dans la lumière.

*

– Vous m'emmerdez, Karawicz.

Le président Saint-Maxens jette un œil dehors, enfin son regard tâtonne vers le rectangle lumineux aux contours flous qu'il sait figurer une fenêtre, le ciel encore moins net, estompé par le double effet de la buée et de son glaucome, une dégénérescence du nerf optique qui l'a frappé au début du quinquennat. Il peut encore voir les formes, et ce matin il voit une barrière de nuage où la lumière ne perce plus.

Et pourtant la journée commence à peine.

Il allonge une main fatiguée vers le petit guéridon d'angle, à l'aveugle, les doigts déformés par l'arthrose pianotant dans le vide, raides, fébriles, qui effleurent les contours de la surface nacrée et butent enfin sur la paire de lunettes. Il les chausse et les choses se précisent un peu, au centre de son champ de vision. Il y a quelques années encore, du temps de son insouciante myopie, les verres auraient agi avec la rigueur d'une mise au point en autofocus automatique. Aujourd'hui, la vision périphérique est irrémédiablement foutue, dévastée par le glaucome opéré trop tard. Cette saloperie ne lui a pas laissé grand-chose : une trouée d'images nettes au milieu du grand flou.

Dehors le parc disparaît sous les feuilles jaunes. Le parc : tenue impeccable du bassin, élégance de la serre d'hiver, austérité de l'ensemble, le parc décoratif et républicain. De la fenêtre où il est posté, on oublierait presque l'existence de la ville. Les Champs-Élysées sont à peine une rumeur, un ressac étouffé par le double vitrage blindé. Au sud, des érables du Japon et des chênes centenaires entretiennent l'illusion d'une retraite. Seules émergent, au faîte des arbres, les squelettes de la tour Eiffel et du Grand Palais.

Derrière lui, le conseiller Jacek Karawicz laisse filer quelques paroles subtiles. Il est question d'un discours à la nation, de « clarifier sa situation politique ». Comprendre : renoncer à une nouvelle candidature. Karawicz choisit ses mots et les avance *mezza voce*, sur un ton de douce persuasion, celui dont on use pour convaincre un oncle grabataire de s'installer dans une maison de retraite.

Il insiste :

– Il faut sortir de l'ambiguïté, monsieur le président.

Saint-Maxens se tourne à demi et considère le conseiller spécial. Karawicz se tient assis au bord de son siège, penché en avant, son regard achoppant sur le fauteuil présidentiel laissé vide comme si celui-ci lui suggérait une métaphore terrible, celle d'une vacance à la tête de l'État. Le conseiller a la laideur crapoussine. Sur son faciès batracien, une paire d'yeux perçants intrigue comme une anomalie. Fils d'immigrés polonais, Jacek Karawicz est un *pur produit de la méritocratie républicaine*, petit bijou d'énarque dégoté au rabais dans une préfecture auvergnate où il croupissait, déjà gras et encore inutilisé.

Le président se laisse gagner un instant par une affection tiède pour ce garçon singulier. Un moujik, un vrai, de ceux qui dorment en travers de la porte du maître dans les romans russes. Rien à voir avec les autres, les D., les F., les M., faux derches autrefois cauteleux quand il fallait bien lui plaire, quand il avait encore la main, quand il était l'omnipotent lanceur d'oukases dont on réclamait l'onction un genou à terre, et aujourd'hui si prompts à profiter de ses absences, à forcer sa main de moins en moins sûre, répondant à sa place dans les réunions, le contredisant même, et surtout parlant de plus en plus ouvertement de l'après, du monde où il n'aurait plus sa place, sans plus d'égard pour l'ancien maître qu'ils regardent désormais avec une commisération gênée, sans doute honteux de le lâcher si rapidement mais surtout soucieux de garder leurs distances, comme s'ils avaient peur d'être ringardisés en l'approchant, par un effet de contagion. Karawicz peut moquer sa paranoïa, Saint-Maxens s'en fout : il sait ce qu'il a vu, et certains regards ne trompent pas.

Dans le parc, un officier de sécurité fait un jogging, en fragmenté. Des petits nuages de vapeur se forment au-dessus de sa tête, à chaque foulée. Le soleil de novembre a fini par forcer un passage. Saint-Maxens enfouit sa lourde tête dans ses mains. Bientôt il faudra partir, quitter le décor familier, ses rideaux cramoisis, ses odeurs de cuir et de bois précieux. Il n'en avait jamais vraiment connu d'autre. Bientôt, il faudra laisser la place. À cette pensée, le vieux corps rompu s'affaisse un peu plus.

*

Dounia a répondu à toutes les questions, elle a décliné cinq fois l'identité de son jeune mari et celle de ses parents, remis son passeport, raconté sa conversion et son périple à cette femme qui consigne ses réponses d'une écriture appliquée sur un formulaire A4 frappé du drapeau noir du califat, sans jamais la regarder, tout entière à son feuillet qu'elle remplit amoureusement, les lèvres pincées.

La femme lui dit que l'entretien est terminé, Dounia recevra ses documents d'enregistrement dès que son mari viendra la chercher, en attendant on va l'escorter dans une des salles du bâtiment, espèce de centre de tri pour femmes fraîchement arrivées sur les terres de l'État islamique. Tandis qu'elle prend congé Dounia sent une douce pression sur son biceps. Une silhouette noire l'invite à la suivre, en français. Elle disparait entièrement sous un voile intégral - *niqab* corbeau, yeux masqués par un *sitar* en gaze sombre. Sa mise austère contraste comiquement avec son accent à couper au couteau : celui d'une ancienne pichasse du Sud, élevée à la console de jeu dans une cité de l'Hérault.

Elles quittent le bureau rachitique et Dounia la suit dans un couloir étroit, rien de très reluisant, les murs sont nécrosés par l'humidité et les faux plafonds éventrés découvrent des fils électriques pendouillant à moitié dénudés, dérisoires. Le couloir distribue des portes ajourées à mi-hauteur et à travers le verre sale Dounia a le temps d'apercevoir une salle vide décorée de fresques enfantines, en pastels épuisés, peut-être les animaux de la savane, elle n'a pas eu le temps de voir, la silhouette au *sitar* allonge un pas trop rapide, peut-être même qu'il y avait des rangées de patères en bois mais là encore l'autre ne s'attarde pas, elle marche vite. Elle précise sans se retourner :

– On est dans une ancienne école.

Elle raccompagne Dounia dans une pièce aveugle où attendent d'autres femmes, aux regards découverts celles-là, en *jilbab*, voire en simple *hijab*.

Des arrivantes, comme elle.

Dounia est plantée là, au milieu de la pièce bruissant de conversations chuchotées et de vagissements de nouveau-nés. Personne ne lui propose de s'assoir alors elle s'accroupit au hasard du tapis, qui expire une odeur de pied. La plupart ont l'air d'agnelles apeurées et elle-même n'en mène pas large. Elle avait imaginé quelque chose comme un accueil, un discours au moins, quelques *takbirs* repris en chœur, un peu de chaleur. Au lieu de cela elle a trouvé des questions soupçonneuses et des bureaucrates tatillons, pas tellement plus aimables que les guichetières de la préfecture de la Nièvre où elle avait accompagné sa mère, une fois, pour renouveler son titre de séjour. Elle voudrait que Fouad soit déjà là.

Elle bâille, essaie de capter une conversation en français et déniche une Belge, la trentaine tonique sous son *hijab* lie-de-vin. Elles bavardent. La fille vient de la banlieue bruxelloise, elle est arrivée avec son mari et leurs jumeaux qu'elle écrase contre son flanc, à moitié endormis, tiède fatras de morve séchée. C'est leur deuxième tentative, la première avait lamentablement échoué, le passeur les avait vendus et elle avait passé trois semaines dans un camp de rétention administrative, en Turquie. Elle rassure Dounia : « Les sœurs célibataires devront attendre dans une maison de femme, une *madafa*, en attendant qu'un frère accepte de les épouser. Nous, c'est différent, on a déjà un mari. On aura notre propre appartement. »

Nichée dans un coin de plafond, une télé hors d'âge passe un clip en mode silencieux, une superproduction de l'État islamique. La caméra tourbillonne autour d'une cage en acier qui enferme un militaire terrorisé. Dounia la reconnaît sans peine, elle les connaît toutes, c'est celle du pilote jordanien, une des plus spectaculaires réalisations des chefs-opérateurs du califat même si un frère lui avait fait remarquer un jour que la caméra tournait trop (le réalisateur sans doute grisé par la technique mise à sa disposition, péchant par jeunesse ou immaturité, ayant décidé d'utiliser tous les plans dans son clip où le pilote, aspergé de pétrole, finissait brûlé vif, comme un cochon).

Une demi-heure se passe, à bavarder avec la Belge, et puis le *niqab* corbeau réapparaît. Elle ordonne à Dounia de la suivre, de nouveau l'enfilade de couloirs avec les fils nus au plafond et le carrelage boueux, les portes ajourées qui découvrent d'autres petites salles bondées, d'autres regards fatigués.

– C'est ici.

La fille s'est arrêtée devant une porte sur laquelle on a cloué un tissu occultant, qui en masque la partie vitrée. Dounia lui emboîte le pas dans une vaste pièce.

Un homme l'y accueille derrière un bureau, ce n'est toujours pas Fouad mais au moins est-il souriant, le seul sourire franc depuis que Dounia a passé le premier check-point, il y a quinze heures, à quelques kilomètres au sud de Gaziantep. Dounia n'est pas sereine pour autant ; elle n'a pas eu le temps d'enfiler son niqab qui est resté avec son bagage, dans la camionnette du passeur, on a lui a promis qu'elle le récupérerait au moment de quitter les lieux mais pour l'heure elle a le visage découvert, en présence d'un homme qui n'est pas son mari. Lui ne semble pas s'en formaliser, il donnerait même l'impression de s'amuser de la voir s'empourprer, les yeux baissés. Il porte un pantalon camouflage et une veste en toile bleu marine un peu passée, une barbe comme une forêt, des yeux qui rient par avance. Est-ce qu'elle a mangé ? Toujours pas ? Il fouille dans sa poche et lui tend une barre chocolatée, fraternel. Dounia se détend un peu. Elle lui coule un regard oblique, tandis qu'elle dévore. C'est étrange, elle a la nette impression de l'avoir déjà vu, très récemment. Elle a pourtant croisé très peu d'hommes depuis son arrivée : l'accueil des arrivantes est exclusivement géré par des femmes. Un moudjahidine aperçu à l'un des check-points ? Elle plisse les yeux, interroge les traits enfantins.

Elle déglutit. L'homme qui lui sourit est celui qui verse du carburant sur la cage du pilote jordanien. Il lui dit qu'il connaît Fouad, qu'elle a bien choisi son époux, il sera là tout à l'heure, il est en route, et puis il penche la tête sans se départir de son sourire, se passe la main droite derrière la nuque et fait craquer ses cervicales.

– On voudrait agir en France, Dounia. Saint-Maxens et Benevento, tous les autres porcs, ils doivent sentir la peur comme je sens que tu la sens. On voudrait que ce soit une sœur.

Silence de Dounia. Pour la première fois depuis longtemps, elle ne fait pas plus que ses seize ans.

– Fouad m'a dit que tu connais quelqu'un.

Un mois plus tard

ILS VONT LA TUER

« On ne devrait jamais quitter Montauban », lâche Lino Ventura dans *Les Tontons flingueurs*. Jenny, elle, n'aurait jamais dû quitter Sucy-en-Loire, le bled où elle a grandi, dans la Nièvre. Cela lui aurait évité d'être réveillée par un jet d'urine brûlante, dans une gare vide assiégée par la nuit.

Elle cligne des yeux et les néons blêmes l'agressent sans préavis. Elle est allongée en chien de fusil au pied du guichet d'accueil, emmaillotée dans un sac de couchage. L'odeur piquante la saisit d'un coup. Elle se redresse sur un coude et balaie l'air de sa main libre, à l'aveugle.

– Casse-toi, fils de pute !

Le clodo la regarde en se rebraguettant, le visage boursouflé de couperose, sourire dément de celui qui a largué les amarres. Il lâche un juron, en russe ou quelque chose d'approchant, puis se ravise, se penche, ramasse une bouteille de villageoise en plastique et s'enfuit en trottinant. Le temps que Jenny se dégage du sac de couchage qui la saucissonne comme un rôti-ficelle, le gars a disparu. Elle sent les larmes affleurer, autour d'elle la gare est vide, la grande horloge du panneau d'affichage indique quatre heures et demie du matin et les remugles de pisse chaude lui soulèvent le cœur. Un violent hoquet lui secoue la cage thoracique. Elle a juste le temps de s'écarter de son sac pour éclabousser de vomi la vitre en plexiglas qui protège le guichet. Être en vie, ce dix-sept décembre, lui paraît un privilège assez discutable.

Elle jette le sac de couchage dans une poubelle et se met en quête de toilettes publiques, qu'elle trouve à côté de la boutique *Relay*. Les foutus chiottes sont fermées, qu'à cela ne tienne, Jenny fouille au fond de son sac à dos, là où finissent les trombones et les mines de crayon, en extirpe deux épingles à cheveux. Elle l'a vu faire cent fois dans des films, ce ne doit pas être si compliqué, alors elle dégaine son téléphone portable et furète, à petites touches rapides sur le clavier, jusqu'à trouver la vidéo Dailymotion d'un type chauve et neurasthénique qui en détaille les différentes étapes, la fabrication du crochet et de l'entraîneur, et puis le fastidieux travail, goupille par goupille, jusqu'à ce que la porte cède. Elle avance lentement, cassée en deux au-dessus de la serrure, suspendue aux explications du spécialiste. L'idée soudain la traverse qu'elle n'est pas en train de braquer une bijouterie, mais des chiottes, elle a un petit rire nerveux et doit s'arrêter quelques secondes, pour se calmer. Après quarante minutes de besogne, la porte s'ouvre.

À l'intérieur, les plafonniers vétustes crachotent une lumière d'hôpital. La glace lui annonce sans détour l'étendue de la débâcle : Jenny affiche la mine pimpante d'un *crackhead* septuagénaire. Le visage pointu est crayeux, un bouton de fièvre a fait son apparition au coin des lèvres et les extensions blond platine sont cartonnées par le vomi.

De nouveau le sac, la poche frontale cette fois-ci. Elle en extirpe un cutter, découvre la lame, et découpe ses extensions de pétasse. Elle les jette dans la cuvette d'une pissotière. « Maman serait contente », pense-t-elle avec un sourire mauvais. Le distributeur de gel lavant est presque vide et Jenny en extrait quelques gouttes à coups de pressions rageuses, fait couler de l'eau et frotte la peau jusqu'au sang. Le Russkof l'a mise en rogne, elle a envie de faire déborder les chiottes ou dessiner une croix gammée sur la porte, n'importe quoi, une connerie :

elle n'a que quinze ans après tout. Au lieu de cela elle se laisse glisser sur le carrelage, contre le mur.

Elle tâte son jean, histoire de s'assurer que le clodo ne lui a pas fait les poches. Son trésor est intact : quatre-vingt dix euros en liquide, une carte bancaire prépayée, un billet aller pour Paris. La veille, à Nevers, son père l'a étreinte plus fort que d'habitude au moment de la laisser monter dans son train.

– T'endors pas ma fille, c'est un coup à louper tes changements.

– D'accord, papa.

– Tu descends à Dijon.

– Je sais. Ensuite Besançon, puis Belfort.

Il l'avait embrassée sur le front avec une gravité inédite. Est-ce qu'il se doutait de quelque chose ? Elle était bien descendue à Dijon, mais elle n'avait pas pris le train pour Besançon. Au lieu de cela elle a passé la nuit dans la gare, pieutant à même le sol froid, en attendant le premier train pour Paris.

Dans deux heures, le TGV l'emmènera loin de ce cloaque. « Tu décideras ce que tu veux faire de moi », murmure-t-elle dans un souffle. Puis elle s'endort, comme une enfant.

*

Sur les murs des naïades potelées se baignent, dansent, jouent du luth. Dans le salon doré, Karawicz débriefe le président sur une opération des forces spéciales, dans le Nord-Ouest syrien. La ville de Manbij a été libérée. Les Kurdes étaient à la manœuvre, Français et Américains les épaulant dans l'ombre. Avant de se retirer, l'État islamique a exécuté une quinzaine d'otages. Cette première victoire de la coalition est encourageante, mais son ampleur est à relativiser : le jeune État terroriste progresse partout ailleurs. Karawicz tend une tablette au président, lui montre une carte militaire : sur l'écran, l'expansion territoriale du califat évoque une métastase cancéreuse.

– Taisez-vous.

Saint-Maxens tend l'oreille, un doigt sur les lèvres, respiration suspendue de chasseur à l'approche. Une voix enfantine monte du parc. Une fillette joue près du plan d'eau, ses grands yeux suivent un chien qui se tortille de joie en décrivant des cercles autour d'elle, elle voudrait l'attraper. Jeanne, sa petite-fille. Saint-Maxens essuie la vitre givrée avec sa paume ; il voudrait apercevoir les deux yeux noirs, la paire de joues rosies par l'effort et le petit corps empaqueté dans un duffle-coat bleu marine. Il ne voit qu'une forme sombre qui mouchette la neige avec ses pas. Le chien attend que la main potelée se tende vers son collet pour détaler. L'enfant hoquette de bonheur, trébuche, se relève, court, trébuche encore.

« Je crois que je lui fais un peu peur », murmure Saint-Maxens.

Une main enfoncée dans sa poche, l'autre caressant la crémone cuivrée de la fenêtre, le président s'est retranché au fond de lui-même. La bataille de Manbij est une aventure trop lointaine, et Karawicz n'a pas trouvé les mots qui lui auraient donné vie, il aurait fallu parler de la poussière qu'on avale en respirant, des larmes des fillettes qui se jettent dans les bras des combattantes kurdes, de la pestilence des charniers.

Le conseiller regarde son patron. Il cherche l'homme qu'il a admiré, étudiant, sur les affiches électorales. Les fondations demeurent, intactes : le nez tranchant, le regard un peu tombant, les puissants maxillaires à l'américaine. La haute silhouette en impose toujours. Il est encore capable, en ramassant ses forces, de décocher un sourire à éclairer une pièce. Mais il marche à pas comptés, et ses mains sont marbrées de petites tâches brunes – celles qu'on appelle les *fleurs de cimetière*. Et il y a cette nouvelle défaillance, cette dégénérescence du nerf optique qui l'a frappé sournoisement, au début de son mandat. Saint-Maxens affecte de n'en pas souffrir et raconte volontiers qu'il gagne en compréhension des ensembles ce qu'il perd en perception des détails. Il est devenu cubiste, voilà tout. La réalité est différente, et une opération n'y changerait rien : cette vue chancelante est un avertissement. La réalité est qu'il est devenu *has been*, cacochyme baderne qui personnifie à lui seul la congestion d'un système politique épuisé. Aujourd'hui l'avenir a un nom : Cyril Benevento, ministre de l'Intérieur et candidat déclaré à la succession de Saint-Maxens, la nouvelle étoile du camp conservateur.

Saint-Maxens entrouvre la fenêtre, et le froid glacial les prend dans sa tenaille. Les cris de Jeanne s'engouffrent dans la pièce, comme un pied-de-nez à l'hiver.

*

Déjà la gare de Dijon s'éloigne comme un mauvais souvenir. Jenny s'est installée à l'entrée du wagon de première classe. Planqué derrière l'écran de son ordinateur portable, un quinquagénaire lui lance des regards outrés et l'adolescente réalise qu'elle n'a peut-être pas frotté avec assez d'insistance son T-shirt poisseux de vomi.

Elle ricane toute seule, comme une toquée. « Les deux, ils vont être ouf lorsqu'ils apprendront tout le truc. » Elle les appelle « les deux » quand elle les convoque dans ses pensées, ses géniteurs, la paire terriblement prévisible que forment les trajectoires sans accrocs du directeur commercial Patrick Marchand et de sa femme Marion, secrétaire médicale, gens de bien, épargnants avisés au casier judiciaire immaculé. À cette heure-ci ils dorment encore d'un sommeil que Jenny imagine sans rêve, un sommeil profond et industrieux. Ils dorment encore, au premier étage du pavillon familial, à Sucy-en-Loire, tandis que point une aube grisailleuse.

Sucy-en-Loire.

Avec ses toits de tuiles vernissées et son clocher classé qui veille cinq milliers d'âmes au fond de la vallée de la Nièvre, le village a quelques billes pour attirer les déçus de Nevers. Le statut de chef-lieu de canton lui donne une belle assise administrative, le label village fleuri lui permet de jouer la carte du charme authentique et le jumelage avec une bourgade chilienne la pare d'une aura internationale. Depuis cinq ans, un hypermarché aux dimensions nord-américaines complète cette manche d'atouts.

Sucy-en-Loire, ses rues étriquées qui tissent leur réseau en damier autour d'une église déserte, ses façades mal entretenues qui cachent des intérieurs confortables, bled impossible où l'on dit tranquillité pour parler d'ennui mortel, où la construction d'un dos-d'âne avait divisé ses cinq mille habitants comme s'il s'était agi de l'affaire Dreyfus. Au bar-tabac-café-sports les mouvements sont alentis, les piliers de rade sont ici depuis vingt-cinq ans mais ils continuent de choisir leurs mots avec précaution, méfiants par habitude et hostiles par principe, visages rivés sur le zinc, avares de leurs impressions, des fois qu'on interpréterait mal, persuadés qu'on peut tout perdre à dévoiler son jeu. Lorsqu'un moteur trop puissant indique le passage d'un kéké de Dijon, le patron arrête son service, écarte les rideaux en mousseline et regarde le numéro du département sur la plaque minéralogique, pour s'assurer qu'il peut encore se fier à son intuition. Puis il reprend sa place derrière son percolateur, sans rien dire, mais les autres ont compris. Lorsqu'un kebab a ouvert, rue du Centre, les gens ont eu des silences qui en disaient long. Un ancien a prononcé le mot d'occupation et il savait de quoi il parlait. À Sucy-en-Loire, on sait que l'harmonie est un trésor précaire.

Pour le reste, les Sucyciens sont corrects et ne font pas de vagues, ou si rarement. Deux fois le siècle, le claquement sec d'un fusil de chasse liquidait une vieille dette ou une rancune tenace, et c'était tout.

C'est-à-dire, pas grand-chose.

Les allées de l'hypermarché, Jenny les a arpentées jusqu'à l'écœurement, flanquée de ses deux parents. Lui trottant à côté du Caddie, peinant à tenir l'allure de sa femme, jovial, pansu comme il n'est plus honteux de l'être lorsqu'on a eu des succès. Elle alignant de grandes enjambées, un soupçon évaporée. Deux Français, même si Jenny ne se le figure pas encore comme ça, et sans doute aurait-elle été surprise d'entendre ainsi décrire ses parents : comme deux Français. Gens honnêtes, enfin ne filoutant qu'à la marge, bonnes pâtes, gentils autant que le permet leur intérêt bien compris, pris dans les rets de leurs rituels petit-bourgeois, deux Français finassant, ergotant et reniflant devant leur fille qu'ils aimaient, bien sûr.

L'argent !

Patrick Marchand méprise ceux qui n'en ont pas, envie ceux qui en ont et déteste ceux qui le jettent par les fenêtres. C'est sa grande affaire. La pratique du ball-trap et le goût de la musique disco complètent sa panoplie d'homme civilisé. Lorsqu'il fredonne les premières mesures de « Ra-di-o Stress », sa fille se rappelle qu'elle doit son prénom à la notoriété de la chanteuse Jennifer Lanvin, gloire éphémère des années quatre-vingt. Elle a alors la nette impression d'avoir été, dès sa naissance, une victime collatérale.

Marion Marchand joue une partition plus subtile puisque cette femme se pique de vivre dans son temps, en citoyenne inquiète et concernée, à l'écoute des battements du monde dont elle prend le pouls une ou deux fois par semaine, en lisant *Paris Match* dans la salle d'attente de son kinésithérapeute. Le calvaire des minorités ouïghoures, raconté par l'académicien Miguel Anfroy, trouve auprès d'elle une oreille attentive - il lui est même arrivé de s'en faire la porte-parole exaltée dans un dîner de famille.

Consciente que les drames d'hier éclairent le fracas de l'époque, elle avale chaque année une petite pile de romans historiques, qui poussent comme des mauvaises herbes sur les étagères du living. C'est son « plaisir à elle », rétorque-t-elle à son mari lorsqu'il taquine son bovarysme et suggère qu'une inscription à la salle de sport de Nevers centre serait un passe-temps moins stérile. Patrick peut bien se moquer, elle s'en fout pas mal, au fond elle le sait flatté de partager le lit d'une intellectuelle, avec ce que cela suppose de sulfureux. Elle lit le soir, après le dîner. Ken Follett et Christian Jacq la promènent, prévenants comme le sont les bons tour-opérateurs, au pied des pyramides de Gizeh et des cités médiévales. Leur visite guidée est parfois pimentée d'une scène érotique, ce qui ne gâche rien. Lorsque « le jeune connétable fourrage le con déjà humide de la fille de l'aubergiste », Marion Marchand ferme les yeux. Si l'étalon en cotte de mailles a parfois les traits de Patrick Marchand, il emprunte de plus en plus souvent ceux de son kinésithérapeute.

Claquemurée dans le pavillon familial, l'enfance de Jenny s'est consumée dans le silence. Pas que ses parents soient des taiseux, simplement leur caquetage est pour elle comme le silence : vide et oppressant.

– On ne pourra bientôt plus circuler dans la rue du Centre, constate Patrick Marchand.

– J'ai mal aux lombaires, il faut que j'aille à Nevers faire un scanner, répond Marion Marchand.

– Ils vont tuer la rue du Centre. Ils vont la tuer, conclut Patrick Marchand.

Chacun parle pour lui-même, sans attendre autre chose qu'un acquiescement distrait. Jenny s'en accommode volontiers dans la mesure où ils l'oublient complètement. Elle s'absorbe dans la contemplation des arabesques que dessine le céleri rémoulade, au fond de son assiette. Elle a lu quelque part qu'il y a de la poésie dans les choses les plus triviales, mais il faut se rendre à l'évidence : les gens qui racontent cela sont des menteurs ou des imbéciles.

Évidemment Jenny est injuste, et ses récentes poussées acnéiques ne l'incitent pas à la nuance : il faut bien que son « seum » adolescent se nourrisse de visages familiers. Ses parents sont là, à portée. Elle les soupçonne de ne pas l'aimer telle qu'elle est, de lui en vouloir de ne pas être la fille-trophée dont on exhibe fièrement les photos dans les réunions tupperware, longs cils appliqués et mollets frais. Pourquoi sa mère chante-t-elle systématiquement les louanges de Machine, qui pianote avec grâce sur le Pleyel familial, natte ramenée en couronne au-dessus de son front bombé, visage de poupée Corolle ? Est-ce qu'elle a demandé à naître, elle, Jenny ? Est-ce sa faute si quelque chose a merdé ? Si l'embryon Jenny n'a pas puisé dans la matrice Marchand les gènes de la Bonne Humeur, de la Foi en l'avenir et du goût pour le Travail Bien Fait ? Elle ne voit plus, elle ne veut plus voir la sollicitude de Patrick, patient relecteur des devoirs de sa fille qu'il aime tendrement sans savoir le lui dire, bosseur acharné, dévoué aux « deux femmes de sa vie », ni la bravoure de Marion Marchand qui a sauvé un enfant de la noyade au lac des Settons, il y a dix ans, bravant sa propre phobie des eaux sombres pour arracher le gosse à une mort certaine. Il y a trop de rancœur accumulée, trop de ressentiment. Le mutisme de Jenny n'arrange rien : elle a monté au fil des ans, dans le secret de ses pensées, un dossier à charge sans jamais le soumettre au contradictoire.

Autour d'elle la salle à manger est encombrée de meubles, ça sent l'encaustique et la térébenthine. Marion Marchand est réticente à l'idée de se séparer du plus estropié des tabourets. « On ne sait jamais » est l'invariable réponse au pragmatique Patrick qui suggère de sacrifier un grille-pain hors d'usage. Le pavillon a fini par ressembler un peu à un garde-meuble ou une maison de défunt, lorsque les biens stockés en vrac attendent que les ayants droit viennent faire leur marché.

Le salon est à l'avenant.

Lors de leur emménagement, Patrick a pourtant obtenu de sa femme qu'elle y limite ses possessions à un petit autel où reposent les objets sacramentels de l'intérieur français : *La Terre vue du ciel* de Yann Arthus Bertrand, et un éléphant en papier mâché rapporté de Thaïlande. Mais très vite Marion Marchand a repris sa colonisation, insidieuse, méprisant de plus en plus ouvertement les règles tacites d'occupation de l'espace et acculant Patrick dans la cuisine américaine. C'est sa pièce, sobre et fonctionnelle, où il aime cuisiner des escalopes milanaises. Il s'est contenté, en accrochant un calendrier, d'y insuffler l'atmosphère virile de la Maison Pirelli.

Jenny rêvasse, cherche dans les déliés du céleri rémoulade d'improbables lignes de vie. Un CAP hôtellerie pourrait-il la sortir de cette mauvaise passe ? Au collège, un pion se fait mousser en racontant qu'il a travaillé comme chasseur au *Royal Monceau*, à Paris. Il décrit les Rolls-Royce, et les pourboires qui tombent comme la manne dans le désert de Gobi. « Les mecs du room-service ils doublent leur salaire rien qu'avec ce que leur filent les Saoudiens. Ils te lâchent des billets de cinq cent comme si c'était des piécettes. » Jenny imagine ces potentats adipeux et raffinés, empaquetés dans des turbans compliqués, distribuant nonchalamment des liasses de pétrodollars tandis qu'elle les accueillerait avec componction, dans un uniforme de chasseur flambant neuf. D'autre fois elle voudrait être Rihanna, sourire éclatant et jambes interminables, se réfugiant dans une limousine rose pâle pour échapper à une paparazzade.

« Ça va, Jenny ? » Les consorts Marchand interrompent leur radotage et contemplent leur fille, douloureusement. Ils s'inquiètent de ses silences trop prononcés, ils seraient rassurés de l'entendre jacter, à son tour. Patrick trouve qu'elle la ramène un peu, à ne jamais rien dire, et Marion lui répond c'est plus compliqué que ça, rappelle-toi quand tu étais ado mais précisément Patrick Marchand ne se rappelle rien de tel, sa propre adolescence consistant en un fatras de souvenirs bénins et de joies coupables, la première cuite à la 1664, le suçon de Charlotte gardé comme un trophée, le foot jusqu'à l'ivresse, l'angoisse des dimanches soir, le rodéo nocturne sur un parking le soir des résultats du bac. De la mélancolie certes, quelques rêves de grandeur qui capotèrent en branlette frénétique et désespérée, mais cette solitude recherchée, cet air absent, jamais.

Ils voudraient que Jenny s'agace, qu'elle aboie un peu, ils la voudraient ado furibarde car sa colère serait encore une manière de garder le contact mais elle ne dit rien et Marion Marchand finit par cracher sa Valda, elle dit que ce serait bien qu'elle s'inscrive à la gymnastique rythmique. « Un esprit sain dans un corps sain », ajoute Patrick, avec le ton sentencieux d'un professeur au Collège de France.

Dans ces moments-là, Jenny a envie de disparaître. L'idée d'être infantilisée par ces deux-là lui retourne les sangs. « Puisses-tu retrouver un peu de légèreté, Jenny », disent les yeux de Patrick Marchand, chavirés par le Cointreau.

Le chef du wagon-bar annonce l'imminence d'une pénurie de menus fraîcheur, avec la solennité d'un général en déroute. La joue écrasée contre son sac, Jenny somnole. Derrière la vitre, le Morvan. La neige y arrondit les angles un peu partout. Les champs bosselés sont sortis d'un film d'animation. Rien à signaler, donc. Le même calme règne à l'intérieur, où le roulis de la marche étouffe les rares conversations. Deux amoureux essaient de finir leur nuit tandis qu'un cadre met la dernière touche à un tableau compliqué. Un bébé pousse des gémissements, sans se décider à pleurer. La veille, Jenny a fait main basse sur une enveloppe d'argent liquide que son père cachait dans la bibliothèque maternelle, dans un coffret de livre vide : cinq cents euros dont l'essentiel avait servi à payer sa fausse carte d'identité.

Repose-toi, papa. Prends des forces, tu en auras besoin. L'adolescente esquisse un sourire méchant. Pour lui aussi, le temps de l'insouciance est bientôt terminé.

*

Abandonnant les combattants de Manbij à leurs assauts héroïques, Karawicz a enfoncé sa casquette de maquignon pour parler politique politicienne, investitures et élections. Comme souvent, le nom de Benevento est venu rouler dans la conversation.

– Vous n'iriez à aucun meeting. Aucun déplacement en commun. Un mot de soutien, Benevento ne demande rien d'autre de vous. Je lui ai dit qu'il ne pouvait rien espérer de plus.

Saint-Maxens traverse la pièce, va s'asseoir au bord du petit canapé Empire. Le visage s'est brusquement contracté. La moindre allusion à son ministre de l'Intérieur le trouvait furieux, prêt à en découdre.

– Vous prenez pour acquis que je passerai mon tour. Vous voulez me voir crever, en fait. Au fond vous êtes comme les autres.

Une candidature Saint-Maxens ? Le président ne réunirait jamais assez de voix pour passer le premier tour, mais pourrait en rassembler assez pour affaiblir Benevento et faire perdre son camp. Il resterait dans l'Histoire comme un mégalomane inconséquent et pathétique, prêt à sacrifier l'intérêt du pays à ses animosités personnelles. Karawicz agite le spectre d'une élimination au premier tour, l'extrême droite aux portes du pouvoir. Le vieil homme le coupe :

– Vous êtes obsédé par le sang frais. C'est une religion, un culte parfaitement irrationnel. Vous croyez que la jeunesse peut tout.

Le conseiller effleure l'échine d'un petit rhinocéros en bois pétrifié, vestige des années fastes de la Françafrique. Il sait ce qu'il en coûte au président de soutenir Benevento. À la fin du siècle dernier, Saint-Maxens avait vu débarquer un petit mec secoué de tics, qui avait quasiment soudoyé son secrétariat pour lui arracher une entrevue entre deux portes. Il lui avait dit quelque chose de puéril : « Je veux faire de la politique avec vous. Les autres sont des incapables ». Saint-Maxens avait été amusé et même, confessera-t-il plus tard, bluffé : « Il avait déjà ce que Fitzgerald appelle le grand magnétisme animal : une manière de vous dévorer vivant avec ses yeux ». Benevento forçant la porte du bureau de son futur mentor, avec son aplomb invraisemblable, encore crotté de sa province natale, Karawicz imagine assez bien la scène, et pourtant ce récit colle si peu avec celui de l'intéressé. Benevento raconte à qui veut l'entendre que Saint-Maxens l'avait repéré un soir de meeting : en dix minutes à peine, il aurait subjugué le public et récolté une *standing ovation*.

Au fond, ces détails n'ont pas d'importance. Du jour au lendemain, Benevento devient le poulain de Saint-Maxens, qui lui fait gravir un à un les échelons du pouvoir. Il n'a pas vingt-six ans qu'il entre au palais Bourbon. Deux ans plus tard, le pouvoir change de camp et le patron retrouve les travées de l'Assemblée. Les deux hommes y siègent côte à côte. Tour à tour homme-lige, poisson-pilote et porte-flingue, Benevento gagne rapidement ses galons de premier lieutenant. À trente-cinq ans il est nommé vice-président du Parti conservateur, seul maître à bord après celui qui croit encore être Dieu.

– Pourquoi l'avez-vous nommé à l'Intérieur après votre élection, monsieur le président ? Rien ne vous y obligeait.

Saint-Maxens a repris son poste devant la fenêtre. Ses longs doigts pianotent nerveusement sur la crémone. « Je fais de la politique, Karawicz. De la politique. Je pouvais difficilement me permettre de ne pas faire entrer au gouvernement un des deux ou trois types les plus populaires de la droite. Les gens n'auraient pas compris. Je n'avais pas le choix. J'avais pris mes précautions, pourtant. Je lui avais collé deux ministres de tutelle qui étaient à ma botte. Deux ans plus tard, il les avait retournés comme des gants et ils daubaient sur moi dans les dîners en ville. Benevento est ainsi fait, Karawicz. À côté de lui, je suis une majorette.

Il prend Karawicz à témoin, voudrait lui extorquer un signe d'approbation. N'est-ce pas qu'il n'aurait pas pu faire autrement ? Il n'en revient toujours pas d'en être arrivé là, acculé par ce type qu'il avait connu il y a vingt-cinq ans flottant dans un costume de location – court, mal fichu, roulant des mécaniques comme un mafioso.

Karawicz connaît l'histoire par cœur, cent fois rabâchée. Benevento qui se met à la tête d'un gang de quadras pour « dépoussiérer » le Parti conservateur. Benevento qui critique publiquement les « tendances despotiques » de Saint-Maxens. La rupture est violente, consommée en six mois. À compter de ce jour, Benevento ne parle plus que du « Vieux ». Lequel interdit pendant six ans qu'on prononce le nom du parricide.

– J'ai eu la naïveté de penser qu'on pouvait apprivoiser une bête sauvage.

Le fait est que le roi est nu. « À force de creuser dans les sondages, il va trouver du pétrole », s'est marré Daniel Cohn-Bendit, et tout était dit. L'échec du maxensisme tient tout entier dans un sobriquet : « Monsieur quinze pour cent », qui désigne indistinctement le taux de chômage et la cote de popularité présidentielle. On en bariole les pancartes qu'on accroche au cou de mannequins à son effigie, régulièrement immolés dans les manifs. Les plus cruels s'étonnent qu'il demeure encore des illuminés pour défendre son bilan. Un bilan, quel bilan ? La croissance frôle le niveau de la mer, les investissements se débandent et la dette publique a explosé. Le gouvernement s'est trouvé obligé de réagir et il l'a fait, très mal, en concoctant une réforme du marché de l'emploi d'une audace insoutenable : une allumette dans un magasin de munitions. Pour compléter le tableau, le chef du jeune État islamique menace la France d'un bain de sang à l'occasion des fêtes de Noël.

Il n'est plus question de se défiler. Le froid glacial invite aux décisions tranchantes. Le silence aussi, qui est revenu dans la pièce. La petite Jeanne aura cessé de jouer, soudainement lassée, à moins que le jardinier ne l'ait attirée dans la serre d'automne, au fond du parc, pour lui montrer un bananier d'Abyssinie ou une orchidée à tête de singe.

*

Patrick Marchand pousse doucement la porte de la chambre de sa fille, une impulsion timide de cambrioleur, comme s'il s'attendait à la voir plantée là, vipérine, fielleuse. Il sait pourtant que Jenny est partie la veille dans le Bas-Rhin, à Belfort, chez une copine mais sait-on jamais, elle est devenue tellement insaisissable. Deux mois qu'elle s'est barricadée dans une attitude de défiance absolue, garde haute, inaccessible. Impossible de la prendre en défaut : elle a toujours une pique venimeuse, toute prête, au bord des lèvres.

La chambre de Jenny.

L'imprenable bastide barrée d'un écriteau ZONE À DÉFENDRE NE PAS ENTRER, les lettres tracées en majuscules sur un panneau d'inspiration routière, un cercle colorié en rouge sang avec une méticulosité qu'il avait crue bégnine mais qu'il savait à présent inquiétante, la comminatoire signalétique qui serait encore drôle si elle était une nique au père réac déblatérant contre les « zadistes » et les « traîne-patins », mais qui l'était nettement moins depuis qu'elle avait pris congé du monde moderne pour se murer vivante dans cette piaule d'où ne s'échappait aucun gloussement d'amoureuse, aucune conversation étouffée, aucune note de pop sucrée qui sont la bande sonore d'un âge ingrat normalement traversé.

La chambre de Jenny : c'est peut-être là que se trouve la clé, l'origine de toute cette merde.

Patrick Marchand se tient au milieu de la pièce, les bras ballants, absurdement intimidé. Elle est à Belfort, à Belfort se dit-il, détends-toi, tu peux fouiller sa piaule en toute impunité, à l'heure qu'il est elle doit béqueter une pomme d'amour en écoutant des chants de Noël et cette idée le rassérène un peu, elle correspond à l'image d'Épinal qu'il avait rêvée quand elle était bébé, quand sa vie était encore une page vierge où il pouvait gribouiller ses fantasmes éculés de père, une fillette en col

Claudine qui écoute sagement les explications d'un audioguide sur la citadelle de Vauban. Tu parles.

Moquette bleu nuit, murs en toile de verre. Il palpe leur surface lisse, il cherche un signe, un code, une cachette, quelque chose. Ce n'est pas la cloison qu'il ausculte mais les parois de la petite âme verrouillée, il doit bien y avoir un double fond, un secret douloureux.

Il passe sa main sous l'arrête du plan de travail.

Une lettre, n'importe quoi.

Rien.

Alors il voit.

Le vide organisé. Aussi effrayant que celui de l'historique Internet que sa femme avait consulté, une fois, alors que Jenny avait laissé ouverte la session de son ordinateur.

Le lit d'adolescent au carré.

La couverture *Harry Potter* soigneusement bordée, le drap immaculé replié au sommet, le drap trop frais.

Pas une chambre, une casemate.

Le bureau nettoyé, les stylos minutieusement alignés devant le clavier.

Sous le bureau, collée à l'unité centrale, la chaine-hifi qu'il lui a dénichée sur une brocante, fils débranchés, roulés et attachés avec du double-face.

Une piaule de fuyard.

Il s'appuie contre la porte, il cogne son dos d'homme contre le bois aggloméré et se frotte le visage.

Le silence assourdissant de cette piaule.

Sa fille qui se dérobe.

Ses jambes qui se dérobent.

Sa fille qu'il ne connaît pas, qu'il n'a pas cherché à connaître, dont il n'a jamais eu le courage d'affronter la singularité, planqué derrière son humour potache et ses roulements de mécaniques, ses grosses assertions de patriarche comme une pudeur ou comme un masque, comme un poing qu'on abat sur la table pour s'empêcher de pleurer, sa bonne grosse connerie tonitruante qui au fil des ans a dressé un rempart entre eux deux, à son corps défendant, Patrick refoulant les larmes du père qui ne demandaient qu'à couler, et soudain le pressentiment le traverse qu'il est peut-être trop tard pour lui dire cet amour sans condition, né avec elle, la précédant même, cet amour sublime et primal des pères, amour monolithique et sans oscillation, sans stratagèmes, fait de veilles angoissées et de dévoration, et à cet instant précis il se dit que s'il arrivait quelque chose à Jenny, alors il ne vivrait pas.

Et Patrick Marchand sanglote sur le lit trop net, pelotonné contre le traversin, le traversin écrasé contre son ventre pour calmer l'absence, et à cet instant il est une mère, une louve, une chienne capable de tuer.

*

Midi. À peine arrivée à Paris, Jenny a filé à Anthony, en banlieue sud. Elle erre quelques minutes le long de la départementale avant de tomber sur l'hôtel Première Classe annoncé par Google Maps. À la réceptionniste qui lui demande un nom, elle donne celui d'Hermione Granger, la rousse acolyte de Harry Potter.

– Vous avez une pièce d'identité ?

Jenny lui refile sa fausse carte avec un air de défi. Elle y affiche dix-huit piges, un nom pioché dans la saga de J. K. Rowling et une photo qui n'aurait pas fait tache dans les archives de l'identité judiciaire, entre la bobine de Landru et celle de Khaled Kelkal : visage cadenassé, regard noir, teint blafard. Elle l'avait faite fabriquer par le gérant pakistanais d'un taxiphone, pour trois cent cinquante euros. Il lui avait remis un exemplaire non plastifié et Jenny avait râlé, comment ferait-elle illusion avec un bout de carton qui gondole ? Le Paki avait suggéré qu'il s'acquitterait de cette ultime diligence contre une rallonge conséquente, il avait parlé d'au moins soixante euros, elle lui avait répondu d'aller se faire foutre et avait fini par la plastifier elle-même, dans un magasin d'impression, à Nevers. À l'exception du gaufrage et du filigrane, tout y était, et Jenny n'était pas peu fière de ses débuts d'apprentie-faussaire.

La réceptionniste la regarde à peine, pivote péniblement et attrape une carte magnétique. Elle la tend à Jenny :

– Deuxième étage, droite.

Le bâtiment est construit sur le modèle des motels américains. Ceux qui abritent les criminels en cavale et les adultères, dans les séries Netflix que Jenny aime tant : escalier en colimaçon qui alimente en occupants désargentés deux étages de coursives détrempées par la pluie, chambres lilliputiennes. Les espaces vides ont été traqués, la télé incrustée dans l'armoire en toc, la douche fichée quasiment au-dessus de la minuscule vasque qui sert de lavabo. Meubles en bois composite, confort minimal, vue sur le parking. Un repaire pour criminels, adultères, ou salariés de PME dont les employeurs rognent sur les frais de déplacement. Jenny se dit que son père doit descendre dans des endroits comme ça, quand il fait ses tournées commerciales. Le pommeau de douche expire un filet d'eau, qui éclabousse la vasque et la cuvette des chiottes. *Le Royal Monceau* est loin, et les Saoudiens dispendieux à des années lumière.

Elle s'en fout, elle aime bien que sa chambre soit un terrier. Elle achète un sandwich triangle au distributeur, traîne sur la coursive et regarde la pluie noyer le parking, en contrebas. Près de l'abri-poubelle, une concavité du sol a recueilli la flotte jusqu'à former une petite piscine, qui engloutit l'unique véhicule à mi-pneu. Jenny mâche avec effort son crudités-thon. Elle se sent aussi abandonnée que cette Citroën Berlingo en eaux troubles. Un coup de vent rabat la pluie vers l'hôtel et elle s'en mange une pleine saucée qui lui coule dans le cou, perfide.

Elle se réfugie dans la chambre.

Dans une semaine, elle va passer à l'acte mais à la seconde présente Jenny se sent faible, tarée, écrasée par le courage incompréhensible des autres, l'abnégation avec laquelle ils prennent leur parti de tout cela, la Berlingo, la neige fondue, les distributeurs de sandwichs. Et si les « Moldus » avaient raison ? Peut-être devrait-elle s'inspirer de l'abnégation de ses deux parents. Peut-être sont-ils les vrais héros, eux qui ont déjà traversé sans se plaindre les deux premiers âges de la vie et trouvent encore le courage de s'asseoir sur le perron pour remplir leur déclaration de revenus, un de ces dimanches d'avril où le soleil triomphant foudroie les volontés les plus tenaces. Ils sont calmes, résilients, durs à la tâche et âpres au gain.

Jenny préfère fuir, c'est si facile, il suffit de fermer les yeux et la voilà au bord d'une route californienne, fuyarde taciturne, faux passeports mexicains, Smith&Wesson, aisselles fumantes, stores baissés qui filtrent une lumière jaune. Elle est une héroïne de polar, lourde de quelque secret douloureux, un holster en cuir lui cisaille les côtes et tout son être dégage un érotisme négligé.

Braillant dans la télé, le présentateur Nagui vient saccager son scénario américain. Jenny grimpe sur le lit, replie sous elle ses gambettes d'échassier. Ainsi accroupie elle écoute la conversation des voisins, à travers la cloison en placo où la peinture craquelée dessine des continents inconnus. Jeune couple, accents sud-américains. Ils s'engueulent en portugais ou en espagnol, elle n'est pas sûre, et puis soudain se taisent. Bruits de meubles qu'on déplace, raclements lourds, le ton qui remonte, cris de la fille immédiatement étouffés, silence de nouveau. Et puis quelques coups mats, petites plaintes d'animal à l'agonie, Jenny se dit qu'il doit la cogner.

Ensuite un râle, un râle d'homme qui monte crescendo, un râle de tennisman professionnel, le couinement de ressorts mal graissés.

Ils baisent.

Elle a peur.

*

Karawicz s'en est allé, laissant seul le président. La lumière s'est retirée avec le conseiller, et l'obscurité rampe à présent jusque sur les murs. Sur la tapisserie des Gobelins, don Quichotte s'est évanoui dans la pénombre. Un parapheur épais comme le poing a été déposé par une petite main discrète. On l'en nourrit chaque jour, tel un Moloch papivore, jusqu'à l'écœurement.

Saint-Maxens se met au travail. Il lit lentement, faisant défiler les lignes dans l'angle étroit de son champ de vision. Le glaucome a épargné une petite fenêtre, et il faut y faire passer les mots laborieusement, comme on manie une loupe, sans trembler.

L'ennui suinte de chacune de ces notes et leurs arbitrages impossibles. Que lui importe que les propriétaires de places de parking s'insurgent contre la suppression d'un abattement fiscal ? Bercy y est défavorable, Matignon hésite. Saint-Maxens s'en contrefout, pour faire bonne mesure. Il fouille dans un coffret en bois précieux, y pêche un cigare épais comme un bras de nourrisson. Il le coupe, l'allume et reprend sa lecture. Un chérubin lit par-dessus son épaule, avachi dans un nuage mafflu. « Vu », écrit Benevento d'un trait las, au pied de la note. Il aime cette formule qui maintient le flou sur son sentiment profond. Il s'essaie à quelques variations sur sa signature, jouant des pleins et des déliés, élargissant ici une boucle jusqu'à la grandiloquence, en ramassant une autre.

Les Indiens menacent de relever les droits de douanes sur les céréales françaises.

Un peintre à la mode réclame la Légion d'honneur.

Les Allemands réclament le soutien français pour négocier un siège au Conseil de sécurité.

Et soudain, au détour d'une ligne, la mort violente. Une giclée de sang frais et des entrailles fumantes. Un officier de renseignement se félicite du succès de l'attaque de drone qui a frappé l'État islamique à la mi-novembre : Fouad B., sniper redoutable et fanatique au dernier degré avait été « neutralisé », ainsi que sa jeune épouse. Saint-Maxens avait donné le feu vert pour l'opération, organisée conjointement avec les Américains. Mais la fille ? Saint-Maxens se passe une main furtive dans les cheveux. Il avait baissé le pouce pour un homme seul, et c'est deux personnes que le drone avait liquidées. Il faudrait mettre cela au clair, identifier un éventuel raté dans la chaîne de commandement, il faudrait...

Même malade, alors qu'il approche de son terme, il lui faut se projeter dans le futur, prendre des décisions qui engagent des temps où il ne sera plus. Saint Maxens distingue cruellement les limites de son dévouement pour l'État. Il ne s'intéresse plus guère aux péripéties d'un vieux pays qui en a vu d'autres. La France existera toujours. Cette jeune fille, en revanche, est bel et bien pulvérisée. Rayée de la carte par un drone silencieux. Une photo du couple, publiée sur Facebook, accompagne la note. Elle les montre hilares, doigt pointé vers un ciel livide, lui encombré d'un barda militaire, en djellaba noire, une main de propriétaire sur l'épaule de l'aimée, sa gueule de petite frappe éclairée par un sourire d'enfant. Elle d'une beauté discrète, sur laquelle il est difficile de se prononcer définitivement alors que ses cheveux disparaissent sous le *jilbab*. La kalachnikov du garçon est presque incongrue : ils ont l'air de deux gamins fugueurs, excités et craintifs. Saint-Maxens imagine Jeanne, dans quelques années, adolescente boudeuse, tirant de petites lattes nerveuses sur ses Vogue mentholées, en pianotant des textos. La fille qu'il a fait tuer devait avoir quinze ou seize ans. La fille qu'il a tuée, en fait. Il s'efforce de se représenter la scène, donner un peu de chair à cette décision abstraite qu'il a prise dans le confort des accoudoirs musculeux et des lampes en vermeil, dans un de ces salons lambrissés jadis refuge des songes de l'impératrice Eugénie. Saint-Maxens ferme les yeux. Il imagine l'appartement sans charme, papier peint fleuri et faux plafond, un appartement de petit fonctionnaire du régime syrien réquisitionné par l'occupant djihadiste. Une conversation animée entre les deux amoureux et soudain une lumière blanche, aveuglante, la phrase fauchée nette par la déflagration, la phrase qui demeure suspendue quelques secondes dans le silence, comme une question sans réponse. Saint-Maxens avait donné cet ordre, sans joie mais sans hésitation.

Dehors le parc est désert à l'exception d'un jardinier, qui demeure quelques instants debout, immobile, avant de disparaître brusquement dans la serre aux orchidées, comme frappé par une intuition. Un aide de camp entre dans le bureau, sans un mot, et emporte le cendrier rempli à ras bord. Tout le monde s'agite, les mille petites mains de l'État qui ratiboisent, plantent, récurent, restaurent, polissent, suturent, l'État pléthorique et rationnel. Saint-Maxens se fait apporter un verre de whisky, descend une gorgée. La tourbe lui décape la paroi nasale : l'odeur d'un incendie éteint par une averse. Et il envoie valser le parapheur sur la pile de ses devoirs accomplis.

*

Enterrée au sous-sol d'un bunker, la pièce est un carré de béton brut. La lumière artificielle colle un halo poisseux sur les visages tendus. Avachi sur un fauteuil en moleskine, le calife déplie cérémonieusement un mouchoir ratatiné. Il palpe le papier jusqu'à trouver un centimètre carré encore vierge de morve et se mouche bruyamment, avant de le fourrer dans la poche de son *qamis* noir. Quatre années de captivité et de privations dans les geôles américaines lui avaient laissé quelques séquelles : celle de garder des Kleenex souillés plus longtemps que de raison n'était pas la moins dégueulasse.

Il se passe la main dans la barbe, époussette une pellicule sur son épaule et prend la parole : « Chaque défaite militaire ici doit être compensée par une attaque en terre de mécréance. Il y a deux fronts. Celui de nos frères qui combattent en pays *kouffar* est aussi important que la guerre que nous menons ici, au *Cham*. Mais vous ne m'écoutez pas. »

En prononçant cette dernière phrase il se penche de tout son poids pour toiser le moudjahidine au pantalon camouflage, celui-là même qui a accueilli Dounia à son arrivée *sur zone*. Assis sur deux rangées de chaises devant le bureau du calife, les six autres participants retiennent leur respiration : cela fait vingt minutes qu'ils essuient une soufflante du chef de l'État islamique. Après des mois de conquêtes foudroyantes, la perte de Manbij a fait l'effet d'une douche froide. Deux semaines plus tôt, les drones de la coalition ont détruit une rue entière, en centre-ville. Au sud, les milices peshmergas menacent la plaine de Ninive.

– Je veux qu'il se passe quelque chose de concret en Europe. Assez de vidéos de menaces. Trois mois que le sang n'a pas coulé chez les *taghout* européens.

Une esclave *yazidi* entre dans la pièce, poupée de chiffon au regard éteint par les coups de câble électrique et les viols à répétition. Il se raconte que le calife se chargerait lui-même de son éducation. Elle pose une canette de Coca Light glacée devant son maître et disparaît, robotique. Le moudjahidine au treillis répond d'une voix faible, sans soutenir le regard du calife :

– Il va y avoir quelque chose dans les prochains jours. Sur un marché de Noël, à Paris. Je m'y engage devant Allah - grâce lui soit rendue.

Le calife émet un grognement approbateur. L'évocation de la capitale française remue un souvenir vieux d'une décennie : une photo de l'affiche du film *Moulin-Rouge*, punaisée dans le bureau de l'officier américain qui l'avait interrogé deux jours d'affilée, assez courtoisement - on le considérait, à l'époque, comme un agitateur islamiste sans envergure. Nicole Kidman y affichait un décolleté outrageant. Le calife s'était efforcé de le fixer dans sa mémoire pour renouveler l'imaginaire de ses séances d'onanisme, à son retour en cellule.

– Vous avez quelqu'un ?

– C'est une sœur. Une convertie. Elle irait jusqu'au fond de l'enfer si on le lui demandait.

Deux jours plus tard

ON NIQUE VOTRE RÉPUBLIQUE DE LA *HESS*

Deux jours qu'elle est dans son terrier.

Jenny traîne au lit, en culotte-débardeur. Dehors, le ciel est uniformément gris mais on ne saurait dire s'il est bas ou non, il aurait fallu pour cela qu'il concède quelque relief, une nuance mais il n'y a rien d'autre que le gris, parfaitement monochrome.

Elle attend un coup de téléphone. Ses deux portables sont disposés côte à côte sur l'oreiller, le rutilant Samsung pour répondre à ses parents, et l'autre, un Nokia robuste et disgracieux qui n'aurait pas déparé dans la boîte à gants d'un dealeur de quartier. Le type lui a dit qu'il appellerait, alors elle attend, elle est confiante. Elle a remarqué que lorsqu'il s'agit de s'envoyer dans le décor, les astres s'alignent comme par magie, les obstacles s'évanouissent, et il y a quelque chose d'amer dans le constat de cette baraka autodestructrice.

Le type va appeler, c'est sûr.

Jenny n'est sortie qu'une fois depuis son arrivée. Hier, elle a pris le RER pour Paris, elle est descendue à Denfert-Rochereau où elle a fondu sur le premier distributeur à billets. Évite de retirer près de l'hôtel, lui a dit le type sur WhatsApp. Elle avait acheté sa carte prépayée après qu'il lui eut déconseillé de voler celle de sa mère. « Trop risqué : tes parents peuvent te tracer avec tes retraits bancaires. Pour te tracer avec ton téléphone, ils ont besoin des flics. Le lieu des retraits, ils peuvent l'obtenir tout seuls, en interrogeant leur compte. » Elle a composé le code secret, choisi un montant : « Vos capacités de retrait sont insuffisantes ». Panique. Elle ouvre son Samsung, consulte le solde de la carte : quinze euros, soit la somme qu'elle avait créditée en liquide, avec l'aide du buraliste qui la lui avait vendue. Trois jours plus tôt, elle avait pourtant passé un ordre de virement de deux cents euros depuis le compte bancaire de sa mère, pour étoffer son petit pécule. Le virement n'était pas passé. Jenny écrase un poing rageur sur le clavier du distributeur. Sa mère l'aura découvert en consultant son compte et l'aura annulé. Elle aura flairé l'embrouille et alerté Patrick. En quelques coups de fil choisis, ils auront découvert la fugue. Elle imagine Patrick et Marion Marchand autour de la table de la cuisine, en conseil de guerre restreint sous le calendrier Pirelli, sonnés par la découverte que leur fille ne se trouve pas à Belfort, chez Sophie. Ce ne serait pas étonnant. Marion Marchand aura sournoisement créé un profil Facebook pour épier Sophie, cette prétendue copine dont ils n'avaient jamais entendu parler avant que Jenny sorte l'invitation du chapeau. Sa mère aura vu une jolie petite punkette qui exhibe ses tatouages sur un profil ouvert aux quatre vents, pas vraiment le genre de sa fille. Bidon, aura pensé Marion Marchand. Bidon, aura hurlé son intuition maternelle. C'est sûr, elle a trouvé les coordonnées de la mère de Sophie et elle a appelé, pour apprendre que cette dernière passait ses vacances à Bordeaux. Stupeur, crise de larmes. Alors ils sont là, sous le calendrier Pirelli, effondrés, Marion insistant pour appeler la police, diffuser une alerte enlèvement, Patrick faisant son possible pour l'en dissuader, effrayé à l'idée de prendre une décision trop radicale ou peut-être superstitieux, craignant qu'un appel aux flics précipite les événements.

À moins qu'ils n'aient rien grillé. Qu'ils la croient toujours à Belfort, sa mère pensant naïvement avoir égaré sa carte bancaire. Jenny a retiré la carte, l'a fourrée dans son portefeuille. Après tout, le pire n'est pas toujours certain. De retour à l'hôtel, elle a reçu un SMS angoissé de sa mère et Jenny lui a répondu sur un ton rassurant, elle lui a dit que le séjour se passait bien, qu'elle a repensé à leur dernière discussion et qu'elle s'en voulait d'avoir été trop dure. Elle rentrera le 23 décembre, comme prévu, pour l'accompagner à Nevers choisir les huîtres et la bûche au chocolat. Jenny a jeté çà et là des noms de monuments belfortains glanés sur Internet, histoire de donner du crédit à ses récits de visite. Elle a insisté auprès de sa mère pour qu'elle n'appelle pas les parents de Sophie, ce serait la *te-hon*. Jenny se dit que sa mère ne fera rien qu'elle lui interdise, flippée qu'elle est de braquer sa fille.

Le type va la rappeler, elle est assez confiante. Jusqu'ici ces gens-là ne lui ont jamais fait défaut, elle peut compter sur eux.

Elle allume la télé. Sur un plateau sobre, deux types en costume débattent : ambiance courtoise et feutrée, échanges à fleurets mouchetés, voix de fausset, ennui mortel. Il est question du discours du président de la République, qui devrait bientôt renoncer à une nouvelle candidature et soutenir Benevento. Ils se raclent la gorge et boivent leur verre d'eau à petites gorgées, comme si c'était un cognac. Le premier dit attention, attention, le soutien de Saint-Maxens peut être un baiser de la mort, l'autre traduit le président est tellement cramé que tout ce qu'il touche se transforme en plomb.

Jenny augmente le son.

*

Nevers.

Dans les bureaux fraîchement ripolinés du commissariat central, le ministre Cyril Benevento est comme un poisson dans l'eau. Débitant de tête les statistiques nationales des saisies de résine de cannabis, truffant son discours d'acronymes et de jargon policier pour que tout le monde comprenne que son entrée en campagne ne le détourne pas de ses premières amours et qu'il est encore là chez lui, droit dans ses bottes de premier flic de France. Depuis qu'il dirige Beauvau gendarmes et policiers l'ont toujours accueilli comme un des leurs, reconnaissant un ami de cœur chez cet homme qui parle le même langage qu'eux, celui d'une rogue efficacité. Il les flatte à peu de frais en portant aux gémonies tous ceux qui sapent leur travail, juges et avocats forcément suspects, excipant de chinoiseries procédurales pour mettre en liberté violeurs et assassins : tabac assuré chez les pandores.

Un conseiller lui souffle que l'heure tourne mais Benevento s'attarde, attrapant le bras d'un gardien de la paix, tapotant une joue, prenant le temps d'un mot pour chacun et recueillant les doléances d'un air pénétré, subitement absent aux autres pour n'être qu'avec un seul, le sous-lieutenant William Foultier ou la major Virginie Gruss, la mâchoire contractée pour bien signifier que chacun des dysfonctionnements affectant la police nationale lui cause une souffrance physique et révolte l'homme qui ne se domine qu'à grand-peine, contraint par ses fonctions à une sobriété qui n'est pas sa nature première. Puis il conclut par quelques phrases martiales qui font bomber les torses, honneur et patrie, nous ne céderons pas un pouce de terrain, nos valeurs ne sont pas négociables, vive la République et vive la France, amen. Il quitte les flics enamourés pour retrouver les faces spectrales des civils, sinistres, tendues. Le maire jette à sa montre des coups d'œil furtifs, pressé de le mettre dans son avion pour retrouver le rythme indolent de la vie municipale.

Ça tombe bien, Benevento n'a pas envie de faire de vieux os dans la Nièvre. La province assoupie agace ses nerfs de puncheur. Dans deux heures, il sera au Bourget, il faudra bombarder sur le périphérique pour être à temps au siège de la Fédération française de la chasse, filer sur les Champs-Élysées pour saluer quelques-uns des deux cents policiers déployés autour du marché de Noël, se ruer place Beauvau pour écraser quelques *jabs* sur son sac de frappe, au sous-sol du ministère, et chaque fois mettre à profit les temps de transport pour lire un florilège des textos qu'il reçoit par dizaines sur la ligne cryptée de son téléphone portable. La journée s'achèvera en apothéose au Palais des congrès, où se tiendra le meeting inaugural de sa campagne. Sur son sillage, une escouade de caméras captera ses faits et gestes pour raconter à soixante-six millions de Français l'histoire du ministre-candidat ubiquitaire. Une fois de plus le déjeuner passera à l'as. Il ne s'en plaint pas : Benevento aime l'urgence. Il s'y meut avec aisance et lorsqu'elle n'existe pas se débrouille pour la créer de toutes pièces, et mieux semer ses adversaires. Les dernières semaines l'ont comblé au-delà de ses espérances. La coïncidence de manifestations monstres et d'une menace terroriste est un terrain idéal, où sa frénésie d'action joue à plein. La veille, le chef de l'État islamique a publié une vidéo ciblant la France, « *Petit Satan inféodé au lobby sioniste* » et le désignant nommément, lui, Cyril Benevento, comme l'ennemi public numéro un. Grand croisé du monde libre, rien que ça. Le ministre ne déteste pas cette promotion. Elle ne dérange pas non plus le candidat, au contraire. Benevento joue à fond la carte de la menace islamiste et répète que la clé de cette campagne n'est pas la crise économique : « *It's the terrorism, stupid* », ajoute-t-il en pastichant le célèbre slogan clintonien.

Plus tard dans la soirée, il a reçu l'assurance que le Vieux ne se représenterait pas. Les étoiles s'alignent, les unes après les autres mais il ne s'emballe pas, il est professionnel, il est méthodique. Il sait que la campagne se jouera au finish, dans les derniers mètres. Il salue le maire, lâche quelques banalités au préfet et quitte le commissariat. Bousculade, jeux de coudes, colosses en costume sombres qui lui ménagent une trouée dans la cohue des perches de son, jappements des charognards de BFM TV. Ils halètent en trottinant à sa hauteur, gémissent, mendient une phrase, n'importe quoi pour nourrir la bête médiatique, faire tourner la machine. Benevento ne les voit pas. Il est concentré sur l'étape d'après, le meeting dans un Palais des congrès surchauffé. Le Vieux ne se représentera pas, lui a dit Karawicz. Et le ministre s'engouffre dans la berline en sifflotant un *Te Deum*.

*

L'après-midi est déjà avancé quand Jenny quitte l'hôtel pour un premier repérage. Elle visite le théâtre des opérations. L'endroit lui convient bien. Elle veut un lieu dégagé, parce que sa douleur a besoin de place, autrement elle étouffe. Il faut qu'elle puisse s'épanouir, au cœur d'une foule immense, il faut que tout le monde en ramasse sur ses pompes. Elle veut du monde aux fenêtres, des balcons pavoisés et des caméras de télévision. Elle ne veut pas crever en catimini.

Jenny ne quitte plus ses écouteurs, elle est presque constamment sous double perfusion, un peu de *nashids* et beaucoup de Bondy System of Sound, le groupe de rap que lui a fait découvrir Dounia. Les *nashids* pour la nourriture spirituelle, les voix planantes et fortes, sans fioritures, la musique naïve comme une intention, sans effets, expurgée de la musique elle-même, un pur élan (celui de l'appel guerrier) qui vous gagne lentement, chaque mouvement consolidant l'effet créé par le précédent, polyphonie entêtante et inéluctable comme un certain boléro, majestueux, puissant. BSS pour leur donner une chair, un rythme, un tranchant. Elle écoute tout, les premiers albums, les classiques et les plus confidentiels, *Le Bandit de Bondy*, *Le Loup de la street*, *Kolonel Moutarde*, *Ta schnek c'est du Velcro*, *Les Damnés du ter-ter*, *À coups de chaîne de vélo*. Elle sait bien que le rap est strictement prohibé par les salafs mais elle sait aussi que Dounia elle-même n'a pas renié son goût ancien pour le groupe de Seine-Saint-Denis, soutenant que le Coran ne recèle aucune condamnation explicite de la musique. Jenny se dit que Dounia est décidément partie trop vite, elle aurait aimé en parler avec elle, en aficionados, ça les aurait rapprochées un peu plus.

J'suis déter, au nom d'Allah et de tous mes négros,
Les damnés du ter-ter qui ont encore d'l'ego,
Mes khos et les gos
Ma weed et ta tess
On nique votre République de la hess

Chaque chanson est un cri de rage pure, décapé jusqu'à l'os, chaque pulsation de basse vient résonner en bas, dans les tripes, là où naissent les révoltes. Elle aime l'idée d'un organe qui sécrète la haine, comme une glande. La violence est une libération. Patrick Marchand sait-il pourquoi elle l'a interrogé sur son calibre 12, sous prétexte de s'intéresser au hobby paternel ? Il a répondu avec un luxe de détails, ravi de jouer les professeurs, ravi surtout de renouer le contact. Le choc du recul, le poids, la gerbe de plomb moins resserrée que les calibres inféricurs. Elle a hésité à lui voler le fusil, avant d'écarter les armes d'épaule : elle veut dégainer et tirer rapidement, au milieu d'une foule compacte. Un fusil de chasse la gênerait. Il lui faut mettre la main sur un pistolet ou un revolver semi-automatique, un de ces engins qui permettent de tirer cinq ou six balles d'affilée.

Elle rentre à l'hôtel. Le type de la chambre voisine est accoudé au garde-corps, entre leurs deux portes. Il regarde devant lui, vers le parking, mais toute son attention est tendue vers la coursive. Il l'attendait. Il se retourne quand elle introduit son badge. Jenny hésite à pousser la porte. Et s'il se ruait dans sa chambre, à sa suite ? Elle écoute sa respiration sifflante et y devine l'urgence ancestrale, le vieil instinct. À présent, il a la rambarde dans le creux du dos et il la reluque sans vergogne. Il a des cheveux très noirs implantés très bas, à quelques centimètres des sourcils, le nez épaté et des lèvres épaisses, un peu aztèques, un visage taillé en quelques traits grossiers et approximatifs. En contrebas, près de l'abri-poubelle, une pompe trempe sa trompe en plastoc dans la flaque à moitié vidée. Jenny s'est retournée elle aussi. Elle regarde les mains trapues et elle pense aux feulements de rut, aux raclements des meubles, elle considère ces mains qui ont participé à tout ça. Il a les ongles noirs. Un Capverdien, lui avait dit la réceptionniste. Il lui sourit, il ne parle pas un traître mot de français, il ricane un peu, essaie de créer une connivence, il voudrait glisser habilement sur un terrain ambigu mais il lui manque les mots, il perd pied, les mots l'abandonnent en rase campagne, alors il s'énerve.

Il lui attrape la main et la plaque à la rambarde, sous la sienne. Jenny sait qu'il n'y a que deux solutions et les deux lui plaisent également, être une poupée de chiffon entre ces mains carrées, abolir la cloison en papier de cigarette et être à son tour la chose qu'on déplace, qu'on cale, qu'on transporte, qu'on coince, dont on écrase les cris sur un oreiller, ou bien lui fracasser la tête contre le garde-corps, jusqu'à ce que son front étroit soit une bouillie informe, sentir le gong creux du tube d'acier répondre au bruit plus discret de sa boîte crânienne.

Bruits de pas dans l'escalier en colimaçon.

Quelqu'un monte.

Le type se tait, plein de l'espoir que ces pas s'arrêteront au premier étage. Il lui serre la main à lui broyer. Les pas se rapprochent. Ce sont ceux de sa femme. Il regarde Jenny, dépité, comme si c'était sa faute, comme si elle était de mèche avec la gêneuse.

– *Puta.*

NOËL !

Les voitures foncent sur les Champs, rasant le trottoir à peu près vide. Une Aston Martin a fait une embardée dans une flaque à la hauteur de Chafia, elle est littéralement trempée jusqu'à l'os et s'en foutrait pas mal s'il n'y avait les chaussettes, trempées aussi, qui achèvent de lui foutre la vie en l'air. Ses Air Max Requin sont moisies, elle se sent elle-même pourrie de l'intérieur, c'est vraiment une matinée de merde.

Évidemment, elle n'a presque pas fermé l'œil de la nuit. La veille, elle s'est gavée de café exprès. Elle sait qu'une nuit de sommeil peut être fatale aux projets comme le sien. C'est le risque de regarder ses décisions prises d'enthousiasme, la veille, comme celles d'une demi-folle. Si elle ne veut pas flancher elle ne doit pas quitter l'état de tension qui l'a conduite ici, au bord de l'abîme.

Chafia a ralenti le pas, de l'autre côté du trottoir la boutique du Paris Saint-Germain exhibe ses couleurs criardes et sa devise : « Rêvons plus grand ». Un clodo dégomme des paquets de neige sale à grands coups de pompes, sans raison apparente. Chafia le regarde comme on regarde une fourmi se débattre dans une flaque d'eau, il s'arrête pour la dévisager à son tour et elle baisse les yeux, gênée.

Des deux côtés de la chaussée, les chalets miniatures du marché de Noël ont pris possession des Champs. La centaine de cabanons en hêtre ignifugé sont encore fermés. Ils ouvriront dans quelques heures, pour refourguer aux visiteurs leurs saucisses au fromage et leurs bretzels. Les Chinois débarqueront les premiers, perche à selfies sur l'épaule, en professionnels qui savent que les vacances ne servent pas à s'amuser. La main de Chafia se crispe sur la bretelle de son sac à dos. À l'évidence, les hommes et les femmes qui ont conçu le projet d'insuffler l'esprit bucolique des alpages savoyards sur le macadam parisien sont des ennemis de la civilisation. « Vous serez égorgés jusqu'au dernier », siffle-t-elle. Puis elle entonne, à voix mi-basse, le dernier *nashid* diffusé sur YouTube par l'agence Al-Hayat :

Tue les soldats du diable sans hésitation
Fais-les saigner même dans leurs habitations
N'aie peur de rien, fonce tout droit vers le bonheur,
Le champ de bataille et le champ des honneurs

La pulsion reflue pour se stabiliser au niveau optimal, celui d'une tension permanente qui permet l'action sans la précipiter. Elle se ravise un peu. Quand même, il faut bien reconnaître que tout cela a de la gueule, l'Arc de triomphe en majesté au sommet de la double rangée de platanes au cordeau, la bannière tricolore à l'aplomb de la flamme sacrée, l'Arche de la Défense en enfilade. L'obélisque qui vient s'aligner comme un cran de mire sous le Carrousel. Ouais, les *kouffars* font bien les choses. Elle saisit son téléphone, actionne le mode selfie et se positionne de sorte que l'Arc de triomphe figure une auréole au-dessus de son crâne. Satisfaite du cadrage, elle appuie une dizaine de fois sur le déclencheur, immortalisant autant de moues adolescentes, de la vamp enjôleuse à l'attardée mentale.

Joyeux Noël.

*

Il est midi passé quand Chafia retire les batteries de ses deux téléphones portables. Elle extirpe les cartes SIM, les brise et les jette dans une poubelle. Elle se souvient des mots de Dounia : « T'es sûrement écoutée. *Wallah* ils ont des moyens que t'imagines même pas. Même quand ton portable est éteint, ils peuvent écouter tes conversations. C'est un truc avec les satellites. »

Elle avait dit cela avec une nuance d'admiration dans la voix, et Chafia se souvient d'avoir été surprise en le remarquant. La Lionçonne du califat, dont les harangues signaient dix arrêts de morts par minute contre les mécréants, était émoustillée comme une pucelle par la virile efficacité des services de renseignement français. Chafia pouvait comprendre : elle-même avait frissonné de plaisir en imaginant des hommes mûrs en manches de chemise, leurs petits culs moulés par des pantalons de costume, s'agiter dans une salle qu'elle imaginait comme celles de la CIA ou du MI6, dans les films américains. Soit une ruche futuriste où un chef ultraconcentré donnerait des ordres brefs dans un brouhaha de sonneries de téléphone, froissements de papier et conversations chuchotées. Dans ses fantasmes, un stagiaire surdoué et sexy se lèverait brusquement, son casque audio autour du cou. Il attendrait que s'installe un silence angoissé pour s'adresser au chef :

– On a un problème avec Chafia Al-Faransi.

Ce moment n'est plus très loin, d'ailleurs. Dans quelques heures, elle va vraiment devenir un problème. Le trac lui tord les boyaux. Elle est prête, enfin elle croit, elle n'en sait rien, et si quelqu'un lui posait la question elle aurait cette réponse un peu facile : « On n'est jamais vraiment prêt pour ce genre de chose », une réponse de pompier volontaire ou de réserviste.

Dounia lui manque terriblement. Elle aurait aimé sentir sa présence amicale, dans son dos. Trouver son regard dans la foule anonyme, comme un gosse happe celui de sa mère au moment de s'élancer sur l'estrade, au spectacle de fin d'année. Au lieu de cela elle est seule, avec ses godasses trempées, sur ces Champs-Élysées où les décorations de Noël, éteintes, sont des astres morts.

Elle flâne un peu dans une galerie marchande, mais le froid polaire y balaie les moindres recoins alors elle se rabat sur les Champs, marche quelques mètres et s'engouffre dans le hall d'un cinéma UGC. La moquette pourpre et la lumière d'hôtel laissent augurer des salles tièdes, où il ferait bon s'assoupir. Quelques spectateurs font la queue au guichet : pour l'essentiel des vieillards esseulés qui hantent les salles de jour en espérant nouer une conversation avec leur voisin, au sortir du film. Chafia se laisse engourdir par l'atmosphère cosy du hall que décorent des portraits en noir et blanc du studio Harcourt. Dans la galerie de demi-dieux posant de trois quarts elle reconnaît l'anglais Daniel Radcliffe, ses fossettes et son irrésistible bobine de boy-scout qu'elle décoifferait volontiers, avant de la pourlécher avec adoration. Aurait-elle osé le dire à Dounia, qui ne jurait que par les jeunes Kabyles aux yeux verts ? Elle l'aurait traitée de petite mangeuse de *halouf*, avant d'éclater de son rire d'amazone.

Jenny regarde les toiles à l'affiche, rien de très affriolant, un blockbuster hollywoodien qui promet carambolages et onomatopées, un navet choral où quelques quadras épuisés se refilent leur spleen comme une mauvaise grippe, le dernier film d'animation des studios Disney.

Peu importe, elle est plutôt en avance sur son programme. Elle se laisserait presque tenter par une séance matinale. Dans l'état où elle se trouve, se perdre au fond d'un siège de cinéma lui procurerait une joie violente. Mais il y a un vigile, une armoire normande décorée d'un diam's à l'oreille gauche qui fouille implacablement les sacs des spectateurs et risquerait de tiquer en découvrant le Glock 17, et les deux chargeurs pleins jusqu'à la gueule. Tant pis, elle meublera son sursis autrement. Elle renifle un coup, se tapisse les narines de l'odeur de popcorn sucré et pousse les doubles portes battantes pour retrouver le trottoir détrempé. Il paraît que les martyrs respirent, au paradis, des parfums entêtants.

Avant

UN PETIT AIR OBSÉDANT ET POINTU

Les jours de semaine, l'école arrache Jenny à sa solitude pour la plonger toute vive dans l'enfer du collège Henri-Matisse. La cruauté adolescente s'y exprime librement, sous le regard nonchalant ou vaguement complice des surveillants, incapables de distinguer les luttes de pouvoir qui se trament sous les platanes, derrière l'apparente insouciance des chamailleries de gosses.

Jenny n'est pas exactement un souffre-douleur. Elle n'a aucune de ces tares qui valent mise au ban définitive : pied bot, obésité morbide ou haleine fétide. Elle n'est pas non plus équipée pour tenir le haut de l'affiche : ses *punchlines* sont mal servies par une voix nasillarde, et la politique budgétaire des époux Marchand ne lui permet pas de faire l'acquisition d'un de ces artefacts (veste Canada Goose ou jupe ras la moule) qui asseyent une réputation et confèrent cet insaisissable chic que la foule pubescente appelle le *swag*.

Dans le biotope qui émerge au milieu des feuilles mortes et des parties de ping-pong, elle végète dans une couche moyenne-inférieure : entre les intouchables - les *no life* - et le ventre mou. Jenny assiste parfois à une conversation, remplace au pied levé une blessée dans une partie de volley, mais la plupart du temps soliloque à voix basse en attendant la sonnerie. Ses camarades lui foutent la paix, peut-être parce qu'il y a chez elle quelque chose d'ombrageux, qui impressionne. Les moqueries sont pourtant prêtes. Elle le devine aux conversations qui meurent sur son passage. Pour l'instant des conciliabules étouffés, des pouffements étranglés mais il suffira qu'une grande gueule abaisse le pouce pour que les vannes s'abattent comme une pluie de sauterelles. Lorsqu'elle demande à un surveillant de rester en classe pendant la pause, la réponse est toujours la même : « Il faut que tu t'aères, Jenny. »

Elle ne demande pas grand-chose, pourtant. Il n'y aurait qu'à l'enfermer dans le réduit où les professeurs rangent les rétroprojecteurs et les microscopes, elle se tiendrait tranquille, à caresser les surfaces chromées des instruments qui chatoient dans la pénombre.

Le matin, lorsqu'elle passe la porte avec ses dix kilos de manuels sur le dos, l'air froid la cueille comme une double gifle. Madame Veto sur sa charrette de suppliciée avait meilleur moral que l'adolescente sur le chemin du collège. « Ah ! ça ira, ça ira, ça ira »... Eh non, ça ne va pas, connasse ! Jenny trace son sillon sur le trottoir trop étroit. Les deux mains cramponnées aux bretelles de son Eastpak, elle ressemble à un parachutiste novice à quelques secondes du saut. C'est ce qu'elle ressent chaque matin : basculer dans le vide, le cœur soulevé par la chute libre.

D'autres qu'elles s'accommodent aisément du lever aux aurores, du bol de Nesquick avalé en speed, du cartable sanglé sans ménagement. La plupart, même, en prennent gaillardement leur parti. Ils marchent sans moufter vers le grand portail en fer forgé, au fond ravis de retrouver leurs pairs et de se renifler comme des chiots aveugles. Les couloirs d'Henri-Matisse sentent la javel, le cirage, les aisselles et le vieux papier. Chaque fois qu'elle entend prononcer son nom, Jenny sursaute et rentre la tête dans les épaules.

À la pause de midi, une harde de jeunes mâles en vue, pompeusement autoproclamés les « Maîtres du *swag* » se lance dans de gigantesques pogos, plus déchaînés que des métalleux dans un concert d'AC/DC. Au signal d'un des leurs, les gosses se ruent les uns contre les autres pour s'infliger de violentes bourrades, parfois accompagnés d'une fille en pâmoison, ravie d'être adoubée par les rois de la jungle et de se faire peloter un peu sous couvert de bizutage potache. Le soleil de septembre tombe, vertical, sur les corps emmêlés.

Jenny envie violemment cette jeunesse qui rit de toutes ses dents. Des brutes sadiques, des bêtes fauves imbéciles mais quelle aisance, quelle grâce dans ces rires en cascade, ces corps souples ! Quel érotisme dans ces torses insolemment débraillés qui éprouvent leurs premières forces. C'est beau comme une fantasia. Elle sent bien qu'une frontière invisible mais infranchissable la sépare des enfants solaires. Cette facilité à attraper une vanne au vol, à la renvoyer à l'envoyeur, ce sourire entendu comme une clope au coin du bec, cette désinvolture de matadors, cet air crâne, elle donnerait tout pour en avoir une infime parcelle, un instant. Être une *fraîcheur*, comme ils disent. Être Pauline, faux ongles et vraie coquine, Barbie pionnière et défricheuse, qui taille les premières pipes du préau avec l'abnégation d'un missionnaire administrant les premiers vaccins. Être Olivia, lymphatique asperge à frange qui deale du shit et une fois qu'on a dit cela on a tout dit ; elle a quinze ans et elle vend de la drogue au gens, ce qui est tout simplement la chose la plus cool que puisse concevoir un cerveau humain dans l'enceinte du lycée Henri-Matisse. Être Sophie, gothique flamboyante, la seule qui adresse la parole au punk à chien de la rue du Centre, échangeant un *check* complice avec cet homme de trente ans, Sophie la cancre mystérieuse, l'affranchie qui entretient des relations chez les terminales et les BTS, gravitant avec aisance dans des mondes inconnus, Sophie qui défie les profs comme on nargue les dieux. Être une fraîcheur, un instant, une seconde. Au lieu de cela Jenny gamberge à pleines turbines, derrière les portes tambour de son monde intérieur. Elle se réfugie sous les arcades du préau, où les pions viennent chercher un peu de frais. Elle, c'est l'ombre qui l'intéresse.

À 17 heures, le portail dégueule par intermittence un flot de collégiens qui inonde l'étroit trottoir et se répand en grappes sur la chaussée. Ils clignent des yeux dans la lumière sale. Les filles dégourdissent leurs jambes de sauterelles, les garçons secouent leurs couilles jeunes et pleines. Ça crie et ça s'embrasse. Jenny trace sans demander son reste.

Elle attend les vacances.

L'été n'est pas une parenthèse enchantée mais au moins peut-elle s'ennuyer à son propre rythme, dans une torpeur agréable, passant une partie du mois de juillet dans la maison de Sucy avant de suivre ses parents dans un appartement de location, au bord du lac des Settons, dans le Morvan.

Les années ont filé ainsi, ne laissant dans son escarcelle qu'un tenace sentiment de gâchis. Elle se demande jusqu'où l'emmèneront les mutations monstrueuses de son corps, quels chambardements prépare cette poussée brutale qui lui fait gagner dix centimètres en quelques mois, intégralement affectés à des jambes qu'elle trouvait déjà trop hautes. Ses deux pattes filiformes croissent en dépit du bon sens et elle se sent mal emmanchée, plantée de guingois sur la surface terrestre.

Le soir, ce sont des séances de lecture solitaire, entre quatre murs saturés de posters. Harry Potter y fraye avec ses amis Ron Weasley et Hermione Granger, sous le chaperonnage inquiet de Sir Albus Dumbledore, directeur de l'école de sorcellerie et ennemi juré du sinistre Voldemort. Leurs combats épiques étouffent le bruit de ses sanglots. Elle regarde les autres rouler leurs premières pelles au bal du 13 juillet. On l'y invite rarement, elle la trouble-fête perpétuellement dégrisée - mais dégrisée d'aucune fête. Son regard, trop dur, est celui d'une petite vieille.

*

Elle a douze ans lorsqu'un sang brun barbouille l'intérieur de ses cuisses. D'autres filles accueillent cet événement avec un soulagement mêlé de fierté - les mêmes qui portent des soutifs rembourrés au coton. Jenny, elle, ne ressent que de la consternation. Elle est plus que jamais une sang-de-bourbe, empotée, malgracieuse, répandant intempestivement les fluides d'une féminité incongrue et indésirée. Elle se sent radioactive, terrifiée à l'idée que l'odeur lourde de ses menstrues se répande dans la salle de classe. Elle entre dans un univers de portes fermées, d'anticipations angoissées (y a-t-il des toilettes à proximité ?), sordides calculs et douleurs stupides qu'il faut cacher en même temps que les endurer, épaulée par une mère trop contente de tenir un prétexte pour forcer la réserve de sa fille, tentant d'installer une complicité à mesure qu'elle lui prodigue ses conseils d'initiée.

– Je peux te préparer une bouillotte, Jenny. À ton âge je faisais ça pour soulager le mal aux ovaires.

– Merci, maman. Je crois que ça va aller.

Les petits seins qui s'invitent sur son torse blanc n'arrangent rien. Elle se trouve sans charme, oscillant dangereusement au bord de la franche laideur. Alors qu'elle devient femme, cette disgrâce prend un tour plus sinistre. Dans l'esprit des collégiens les plus rustiques, l'apparition d'attributs sexuels ostentatoires est une revendication - à être courtisée, voire pelotée - qui les autorise à juger sévèrement la marchandise. Et ils ne se gênent pas.

Hermione Granger, elle, ne semble pas connaître de telles affres. Imaginer la jeune héroïne se ficher un Tampax dans le vagin ou jeter une culotte souillée à la poubelle est simplement inconcevable. Les épreuves que traverse Hermione sont d'un autre ordre : affronter le serpent de Voldemort, subir sans broncher les tortures d'un « Mangemort » assoiffé de sang, mettre sur pied une armée pour résister aux forces du mal. Elle en sort transfigurée, plus belle encore. Elle est une femme d'une autre espèce, quasi divine, et les choses triviales lui sont inconnues. Même l'amour que lui porte Ron Weasley est pur, comme un prolongement de leur fraternité d'armes.

L'entrée en troisième lui apporte son lot d'humiliations nouvelles. En trois semaines, une acné atroce bourgeonne sur son visage. La concomitance de cette éruption cutanée et de l'étude de la Première Guerre mondiale lui vaut d'être affublé du sobriquet de « Verdun ». Sa mère lui badigeonne le front de Biactol, comme on ripoline une façade lépreuse. Jenny ne bronche pas, elle serre les dents et attend que les gosses se lassent. Jenny puise dans la haine un peu d'énergie vitale : elle n'a pas quinze ans que l'idée de meurtre lui a déjà traversé l'esprit.

*

Une fois par an, à Noël, les Marchand vont à la messe. Pendant que le curé ânonne le Credo de Nicée, Patrick Marchand rentre au-dedans de lui-même : il songe à l'exercice fiscal qui s'achève et se dit qu'il y a peut-être un Dieu, quelque part. Plus frivole, Marion Marchand cherche du regard son kinésithérapeute.

Jenny est davantage concernée, elle regarde attentivement le prêtre manipuler le calice et la patène, comme des burettes de laboratoire. À voir son air fatigué, il semble parfaitement conscient que le gros de l'assemblée ne croit pas un traître mot de ce qu'il raconte. Est-ce que lui-même croit à la transsubstantiation, à la présence réelle du Christ dans le pain consacré ? En tous cas, il donne assez honnêtement le change, quoique sans zèle excessif. Les dimanches suivants, les compagnons de route auront déserté les bancs, l'église sera de nouveau vide et la première lettre de saint Jean bercera une poignée d'octogénaires sous dialyse aussi sûrement qu'un sédatif. Coincée entre ses deux parents, Jenny chante de tout son cœur *Les Anges dans nos campagnes*. Elle veut croire qu'ils descendront, si elle s'époumone, pour éclairer la nef d'un halo séraphique. Elle aurait sincèrement voulu que quelque chose se passe : elle se sent prête à être une nouvelle Bernadette Soubirous si Dieu lui faisait l'aumône d'une vision. Au lieu de cela la liturgie suit son cours tranquille dans l'indifférence générale, déjà les derniers rangs commencent à chahuter, les gosses commentent leurs cadeaux à venir, le curé a une fois de plus perdu la partie. Il ne lui reste plus qu'à débiter quelques poncifs sur l'esprit de Noël et la nécessité de condamner fermement les conflits armés, et c'est la bénédiction finale, étouffée par les raclements de chaises des fidèles soucieux d'éviter les bouchons. « On plie les gaules ? » lance Patrick Marchand en s'ébrouant.

*

– Maman, est-ce que je suis obligée d'aller en colo ? Je ne vais pas y aller, en fait. Je te dis simplement ce qui va se passer : je ne vais pas y aller.

– Tu vas y aller, Jenny.

– En fait, vous voulez que je sois malheureuse ? C'est si important pour vous, que je sois malheureuse ?

– Précisément, nous voulons que tu sois heureuse. Ça passe par l'ouverture aux autres.

– Ça passe par un mois d'enfer.
– Il va falloir te faire une raison, Jenny.

« Se faire une raison » est la devise de Patrick et Marion Marchand. « Se faire une raison » et « prendre son mal en patience », mais aussi « ne pas insulter l'avenir », ajoutait le paternel avec un sourire de détaillant qui sait le prix des choses. De tout évidence, un été paisible en compagnie des seuls Voldemort et Ron Weasley n'entre plus dans le projet parental. Un projet, mais quel projet ? Quelle ligne de fuite, quelle direction dessinent les livres comptables de la boutique Marchand, mère et père ? Quel sens caché peut bien receler ces existences d'insecte ? Comment imaginer Sisyphe heureux lorsqu'il ajuste des bésicles d'apothicaire ? Jenny soupire et gratte son nez de musaraigne : on lui demande de raser les murs de sa propre vie, et elle veut danser sur un volcan.

Chaque été, les Marchand vont en famille au stand de ball-trap, à l'entrée de Nevers. Assis sur un remblai en surplomb des tireurs, Jenny et sa mère regardent le *pater* dégommer des assiettes en argile. « Bravo Patrick ! » crie Marion Marchand chaque fois qu'il fait mouche - et il rate rarement son coup. Il se retourne, retire son casque antibruit et leur adresse un clin d'œil complice. L'après-midi passe ainsi, à cuire sur le remblai sous un soleil de feu. Sa course s'achèvera dans quelques heures, derrière la cathédrale Saint-Cyr, mais en attendant les tireurs se chambrent, et les canons brûlent d'avoir trop tiré. Autour d'eux la campagne dépouillée, venteuse, géométrique. Quelques futaies dégagées, pour l'essentiel des peupliers filiformes en rangées régulières, les plus jeunes corsetés de protections en plastique qui les mettent à l'abri du chevreuil. De temps à autre, un animateur beugle dans son mégaphone pour célébrer le doublé en tir fichant d'un as de la gâchette. Chaque fois qu'une assiette explose, fauchée dans son vol prévisible, Jenny sent sa gorge se nouer : c'est sa jeunesse qu'on assassine.

*

À son entrée en seconde, Jenny tente de redresser la barre de son existence. Pour conjurer le mauvais sort, elle a même pris une mesure radicale : elle a cassé sa tirelire pour se payer une magnifique chevelure d'emprunt dont elle espère qu'elle attirera sur sa tête les faveurs des fées. Les vacances d'été ont été l'accalmie nécessaire pour préparer ce retour en fanfare. Deux mois loin de la scène, deux mois pour se faire oublier et revenir plus fort, compteurs à zéro et look revisité, rabibochée avec elle-même et décidée à en découdre. L'acné a été éradiquée à coup d'antibiotiques, laissant quelques discrètes cicatrices que Jenny a appris à masquer avec du fond de teint.

Une prolifération débridée d'œstrogènes la pousse vers les Maîtres du *swag*, cette toute-puissante coterie de godelureaux. Ces muscadins peroxydés manquent d'imagination au point de revenir chaque week-end fumer des joints devant le lycée qu'ils vouent aux gémonies, mus par un atavisme bovin. On est loin des éphèbes en cardigan qui peuplent le monde de Poudlard et de Gryffondor, mais ils ont seize ans, Jenny en a quinze et leurs muscles saillent avantageusement sous l'acrylique et le coton mélangé. Elle s'est pointée sur leur terrain de jeu, un samedi matin, sans trop savoir ce qu'elle espérait. Deux ans plus tôt, un animateur de colo avait profité d'un jeu pour presser son membre durci contre ses fesses et Jenny a gardé le souvenir de son regard de bête traquée. Cherche-t-elle à voir de nouveau ces yeux affolés, sentir ces mains qui tâtonnent dans l'urgence ? Peut-être cherche-t-elle à vivre, simplement. Juchée sur le dossier d'un banc public, elle feint de jouer à *Candy Crush* sur son

Samsung Galaxy, sans cesser de couler des regards obliques vers les jeunes Apaches qui se relaient sur un skate-board.

L'un de ces petits coqs à crête décolorée la reluque avec insistance, estomaqué de reconnaître Jenny la passe-muraille sous cette crinière à la Shakira. Oscillant entre l'émerveillement et la gêne que suscite un travestissement aussi radical, il se tourne vers ses camarades, guettant un signe ou une instruction. Les autres affectent une indifférence totale : c'est la signature de leur club que d'être revenus de tout - sans être jamais partis nulle part.

Sans doute la jeune Pakistanaise dont les cheveux ont traversé deux continents pour finir en extensions blond platine avait-elle un bon karma. À la fin de l'après-midi le garçon marche droit vers Jenny. Il lui demande si elle est libre pour les retrouver chez Clément, qui donne une fête le soir même. Moue désabusée de noctambule, oui, pourquoi pas, il faut qu'elle voie, donne toujours l'adresse, et bien sûr joie intense, oui, trois fois oui, les ténèbres enfin dissipées, *Fiat lux et facta est lux*, *Gloria in excelsis Deo*. Deux heures plus tard, Jenny s'enferme dans la salle de bains pour charbonner ses paupières d'un khôl ébène. Ses parents lui ont accordé la permission de minuit et l'heure dite la trouve devant la porte, se contorsionnant pour ajuster son jean slim, tremblante d'excitation.

Clément habite un vaste appartement aux Jardins d'Hamilcar, une résidence cossue sur les hauteurs de Sucy. La porte est entrouverte et Jenny n'en mène pas large, il lui faut se donner un peu d'élan pour s'engager dans le couloir, elle aurait préféré qu'on vienne l'accueillir. Elle a à peine le temps de réajuster sa mèche que l'hôte des lieux marche à sa rencontre, gueule d'ange et sourire contrefait. Qu'elle ne s'inquiète pas, les slows commencent à peine et la sangria déborde des saladiers, c'est cool qu'elle soit venue, ses darons ne sont pas là et Pauline a apporté du shit, on va se marrer. Clément est le compagnon de route des Maîtres du *swag*, qu'un tatouage de cheville et une ressemblance avec un chanteur de One Direction ont propulsé à des sommets de popularité. Il exhibe sa bêtise crasse avec une désinvolture trompeuse : ce faux branleur a beaucoup travaillé à s'abrutir, consommant des vidéos insolites sur Dailymotion au rythme de deux à trois heures par jour. Le reste du temps, il promène sur les terrains de foot son ramage de faisan vénéré.

Jenny le suit dans le salon. Sophie-la-gothique est là. Olivia et Pauline aussi. Toutes les gloires d'Henri-Matisse sont dans le salon de Clément, et Jenny comprend qu'il existe un monde parallèle où ces gens-là se côtoient régulièrement, loin des mortels. Elle est impressionnée et furieuse d'être impressionnée, bien déterminée à ne pas redevenir la spectatrice muette, maigrelette et très oubliable silhouette qui hante les lieux davantage qu'elle ne les occupe. Elle effleure distraitement ses extensions magiques en guignant Clément qui raye déjà la piste, sur un gros rap énervé signé Bondy System of Sound :

Si c'n'est pas toi c'est donc ton frère
M'a dit l'officier d'police judiciaire
Sa brolique dans ma bouche
D'la weed *dans les babouches*
Je suis tombé par terre
C'est la faute au ter-ter
Le nez dans le ruisseau
C'est le lot du négro

Clément a la mansuétude de certains très beaux garçons. Persuadé que son physique avantageux lui impose des devoirs, il sème des regards enjôleurs à la ronde comme une dame patronnesse. Il faut bien que sa foule d'admiratrices en ait pour son argent. Jenny est sur son passage et reçoit, comme les autres, une œillade appuyée. Ce qui n'est qu'une habitude de séducteur lui paraît une invitation et une promesse : Jenny veut croire qu'elle a ses chances.

La sangria entame son rigoureux travail de sape. Jenny oublie la hiérarchie implacable des castes d'Henri-Matisse, pauvre cloche amoureuse qui croit sentir qu'il est troublé, lui aussi. Elle voudrait l'embrasser. Le regard happé quelques minutes plus tôt l'y encourage. La sangria tiède aussi, et l'optimisme que lui insuffle la certitude de prendre un nouveau départ.

Elle invite Clément à danser. Le bellâtre se laisse entraîner, magnanime. Il pose carrément sa main sur son épaule, à la naissance de la nuque. Stevie Wonder s'y met aussi en balançant une soul sirupeuse, où il est question de plaisir de danser et de faire l'amour, comme si c'était la chose la plus naturelle du monde. Jenny sent son souffle de taurillon contre ses tempes. Elle se laisse abuser par le pouvoir aphrodisiaque de ses extensions et le mensonge de cet été indien, qui dégage en s'étirant un parfum d'impunité : ces heures encore chaudes ont le goût d'une veille de catastrophe ou d'une soirée d'armistice, tout semble permis.

Sur une invitation réitérée de Stevie Wonder elle plaque ses lèvres contre celles de Clément, qui se rejette d'instinct en arrière. La pièce se met à tanguer et les tempes de Jenny battent à cent cinquante pulsations par minutes. Autour d'eux les conversations s'arrêtent, un gloussement est étouffé dans une serviette en papier. *Mais qu'est ce qu'elle a cru ?* Elle n'a pas besoin de le regarder pour deviner le rictus où la stupéfaction le dispute au mépris. Pire que le mépris : la condescendance outragée du séducteur qui craint de subir une décote sur le marché du flirt du simple fait qu'elle ait envisagé de lui extorquer un patin, et qui en rajoute un peu pour la salle, au cas où elle aurait des doutes. *Mais qu'est-ce qu'elle a cru, la meuf ?* Stevie Wonder n'en finit pas de jouer, Jenny bredouille une excuse mais n'ose interrompre ce slow alors elle danse, elle danse comme on porte sa croix, elle danse comme on grimpe son Golgotha, pendant deux longues minutes, elle danse avec ce corps rétif. Lorsque le morceau s'achève enfin, Jenny file vers la porte d'entrée entre deux rangées de regards moqueurs. Elle dévale les escaliers quatre à quatre pour hoqueter tout son soûl, au pied de l'immeuble. Trois étages plus haut, un éclat de rire hystérique s'échappe des fenêtres entrouvertes de l'appartement : elle reconnaît la voix de Clément.

*

Après l'humiliation, le long calvaire. Deux journées entières à décortiquer, avec une maniaquerie masochiste, chaque seconde de cette danse atroce. Jenny s'enivre du constat de ce malheur si parfait : ce baiser refusé vient parachever une vie d'échec, passée dans la contemplation muette du bonheur des autres. « Ce sera toujours ainsi », pense-t-elle. La spirale dépressive, lentement, se met en branle. Les mauvaises pensées s'enfoncent, comme une vrille, dans ses tempes.

Et puis la bascule. L'écrivain Miguel Anfroy parlera de « moment fondateur » à propos de cet après-midi brûlant. Une pluie peine à le rafraichir mais Jenny ne le sait pas, elle n'ouvre plus les volets de sa chambre. Elle a passé les deux derniers jours dans un état catatonique. Elle navigue entre son lit et son clavier. Elle s'inscrit sur un tchat. La conversation s'engage avec un ex-skinhead passionné de motos anciennes et s'étire laborieusement, échanges poussifs entre deux ennuis. Très vite elle ne sait plus quoi lui dire, elle cherche des mots pour éveiller un intérêt, elle essaie d'expliquer sa récente déconfiture mais l'autre n'a pas envie de la plaindre, il aurait plutôt envie de la pilonner dans son hangar à Harley, il s'en cache de moins en moins et Jenny ne sait pas quoi faire de ce désir qui s'exprime si crûment, ce désir sans détour d'un homme de cinquante ans. Elle change d'interlocuteur, rebelote, le type est un père de famille qui lui demande presque immédiatement si elle a des photos à poil. Et après tout. Peut-être est-il là, le moyen d'avoir l'oreille d'autrui. Elle s'aventure alors sur des sites de rencontres, catégorie 18-25 ans, pour écrire des mots outrageants à de jeunes gars qui n'en demandent pas tant, trop contents d'avoir enfin trouvé une *vraie salope*. Elle pousse à bout de nerfs ces garçons en leur disant les mots qui circulent dans le préau, susurrés sous les pans des Canada Goose, les mots tristes du sexe, lime-moi bien fort avec ta queue, etc., elle les écrit sans ambages, jusqu'à ce qu'elle ait toute leur attention et qu'elle les devine suspendus à ses messages, la main sur le levier de vitesse, alors elle change de braquet d'un coup, laisse tomber les platitudes salaces et leur dit ce qu'elle a sur le cœur, sa souffrance indicible, sa haine du monde, sa solitude. Elle tape à toute allure, en phonétique, que ses interlocuteurs aient le temps de la lire un peu avant de couper court à la discussion, ce qu'ils ne manquent pas de faire sans tarder, non sans avoir débagoulé contre cet énième faux plan qui refuse de recevoir l'hommage ardent de leur puberté.

Jenny a tout son temps. Sa mère lui a signé un mot d'absence en voyant ses yeux enfoncés par le malheur. Jenny erre sur Facebook, épiant les profils de Clément et de sa joyeuse clique. Elle prend la juste mesure de son désespoir. À son âge, on le conçoit par effet de contraste, alors elle regarde avidement le roman-photo de leurs amours et leurs amitiés tapageuses, dévore les légendes puériles qui célèbrent le bonheur d'avoir quinze ans. Olivia esquisse une *duck face* (moue célèbre qui consiste à avancer ses lèvres jointes, les joues creusées) devant un verre de Malibu. Plus inventive, Sophie-la-gothique a photographié son reflet pâle dans une baie vitrée, double incertain et fantomatique qui gratifie l'objectif d'un regard équivoque, sexy en diable, déchaînant une pluie de *likes* à faire pâlir d'envie un *community manager*.

Jenny en est là, à la fin du mois de septembre, lorsque apparaît le petit montage infamant et sordide. Il a été posté sur le profil de Clément par une groupie : une de ces vidéos qui captent quelques secondes d'un mouvement et le reproduisent à l'infini afin d'en accentuer l'aspect comique, un petit gif animé de rien du tout sur lequel Jenny n'a aucun mal à reconnaître le mouvement de recul de Clément, la nuque rejetée en arrière, captée de dos par un téléphone portable. Elle écarquille les yeux. Sa mise à mort sociale, balancée sur Internet. Son visage est dissimulé par le danseur, la vidéaste amatrice n'ayant pas réussi un plan de coupe qui aurait montré la détresse de l'amoureuse éconduite. Mais le doute n'est pas permis : ce sont les mèches colorées de Jenny qui flottent aux bords du cadre. Et surtout le mouvement de la tête, le sursaut de Clément plus éloquent que mille fins de non-recevoir, hypnotique, deux secondes à tout casser perpétuées *ad nauseam*, l'image tressautant comiquement par l'effet de la répétition, chaplinesque, le procédé fixant pour cent ans une humiliation trop fugace. La vidéo est sobrement sous-titrée « Lol », en lettres capitales. Jenny devine que l'épisode est déjà connu de tous, abondamment commenté de sorte qu'il n'y a déjà plus rien à en dire, ce gif étant l'énième déclinaison du moment le plus hilarant de la rentrée.

Il a circulé sous les arcades et y circulera encore longtemps, alimentant la légende dorée de Clément qui ne se lassera pas de raconter sa sidération à un public conquis, élaborant des hypothèses compliquées sur les raisons qui ont pu faire naître un espoir aussi insensé dans l'esprit de Jenny-la-loose, évoquant une consommation de produits stupéfiants avant de conclure à une bouffée délirante aiguë, avec la gravité d'un chef de service psychiatrique. Jenny n'a qu'à fermer les yeux pour voir les lycéens se bousculer autour du smartphone, se délecter du sursaut multiplié. Clément balançant sa tête d'avant en arrière, possédé par un *beat* de techno minimaliste. Jenny se frotte le visage. Le malheur joue un petit air obsédant et pointu. La vidéo a récolté un franc succès, pas moins de cent-quatre-vingt-deux *likes* qui sont autant de coups de marteau contre sa boîte crânienne. L'équivalent de cinq classes entières élevant jusqu'au ciel la polyphonie d'un chœur de hyènes haineuses. Jenny clique fébrilement, visite les profils des rieurs. Elle découvre avec effroi quelques-uns des plus placides élèves de sa classe, qu'elle tenait pour inoffensifs. Tous ont partagé la vidéo qui se trouve diffusée aux quatre vents, jetée en pâture aux cinq cents élèves d'Henri-Matisse.

Il lui faut se rendre à l'évidence : les ricanements ont commencé dès leurs premiers pas sur la piste, avant même qu'elle ne tente d'embrasser Clément, parce que leur danse est en soi objet de divertissement, la gigue grotesque de Jenny Marchand autour de Clément le Magnifique, Clément gêné dès les premiers pas à moins qu'il ne soit complice, acceptant ce slow pour la seule raison qu'il sera immortalisé, le piège se refermant ainsi sur Jenny, la victime ontologique.

La douleur l'affole, comme une bête.

Elle voit déjà la contagion en tache d'huile, le phénomène viral, le département entier qui se gondole, la France qui se marre. Elle tourne dans la nasse de sa chambre, marchant d'un mur à l'autre jusqu'à ce que le goût de la bile la force à s'assoir, au bord du vomissement. Derrière la porte, un glissement furtif trahit la présence angoissée de sa mère. On s'inquiète enfin chez les

Marchand. Le matin la surprend tout habillée dans son lit, sa taie d'oreiller cartonnée par la bave et les sanglots.

Lorsqu'elle descend pour le petit-déjeuner, ses yeux sont cernés de cauchemars. Elle n'est pas loin de répondre à sa mère, qui prend une voix engageante pour lui demander ce qui ne va pas. Jenny la regarde et voit, pour la première fois, une alliée. Après tout Marion Marchand l'a mise au monde, et il ferait bon lui ouvrir son cœur, ou à tout le moins l'y laisser jeter un œil rapide, qu'elle puisse jauger l'étendue du désastre et prendre les choses en main. Mais alors Jenny se rappelle la blonde piquante des albums de famille, la belle gosse exubérante flanquée de copains bruyants, sûre de ses charmes. Elle comprend que sa mère sera interdite devant ce nœud de souffrances palpitantes, elle qui s'était assigné des succès faciles et les avait remportés haut la main, du concours des majorettes de Dijon à son mariage avant vingt-cinq ans, évitant avec une sagesse remarquable les situations d'échec et le doute qui les accompagne. Elle ne comprendra pas mais elle agira, cette mère dont l'intelligence était somme toute vivace mais entièrement positive, asservie à l'action, sa faible appétence pour la méditation spéculative épuisée par la lecture de Christian Jacq de sorte qu'une confession intempestive ne manquerait pas de déclencher une catastrophe supplémentaire, non pas l'écoute patiente mais un fracas d'actions désordonnées. Marion Marchand garant sa 206 sur le trottoir en face du lycée, déboulant dans les bâtiments pour aller trouver le proviseur, parlant fort, prenant des élèves à partie, inaugurant dans la foulée un blog sur le harcèlement scolaire, se répandant en e-mails menaçants aux parents d'élèves, éditant des tracts accusateurs. La vision cauchemardesque frappe Jenny comme une évidence. Elle se rencogne aussitôt, scrutant le fond de son bol comme une cafédomancienne : « Non, c'est rien. J'ai la crève, c'est tout. »

Calfeutrée dans sa chambre, elle s'attelle à son PC. Elle y revient toujours. Les rires n'ont pas tari. Le lycée plébiscite le baiser refusé à grands coups de pouces levés.

Elle écrit un e-mail à l'administrateur de Facebook, exige le retrait de la vidéo. La réponse lui parvient quelques minutes plus tard. « Chère Jenny (e) », commence l'e-mail. « Chère Jenny (e) », lui écrit la société, aimable, prévenante, nébuleuse monstrueuse et polie. Qu'elle ne s'inquiète pas, toute l'équipe de Facebook est mobilisée pour s'assurer que la dignité et les principes fondateurs de la démocratie ne soient pas mis en danger par un contenu sexiste ou discriminatoire. Sa requête sera étudiée dans les plus brefs délais. La même équipe lui souhaite de passer de bons moments sur le réseau. Le ton est celui d'une urbanité enjouée, celle qui accompagne la commande d'un Black Angus dans une *steakhouse* californienne. I hope you will have a good time.

Jenny est seule. Pas de justice immanente, ni de vengeurs masqués. Sur ses posters grand format, Harry Potter est trop occupé à tenir sa pose héroïque, petit merdeux infatué, droit dans sa morgue de diplômé d'Eton. Au fond, il appartient à la même engeance que Mark Zuckerberg, celle des enfants gâtés du système.

Jenny est seule, et pourtant un interlocuteur n'aurait pas été de trop pour commenter cette découverte : dans la vie réelle, les bourreaux s'en sortent assez bien. Et cette seconde : le malheur connaît des raffinements infinis. Elle croyait en avoir épuisé les ressources après la soirée de Clément, mais elle vient d'en explorer un nouveau territoire. Il est vaste, riche en tortures sophistiquées. Dehors, la tondeuse de Patrick Marchand joue un air fatigué. Jenny voudrait être l'herbe hachée menue qui retombe légère sur le gazon frais, elle voudrait être un élément organique, inerte et végétatif, extirper une à une de son crâne les images qui la supplicient. Au lieu de quoi elle les fait défiler encore et encore, devant ses yeux incrédules. La souffrance abolit l'espace et le temps, elle prend toute la place, exige une dévotion parfaite et exclusive de sa proie, il n'y en a que pour elle et elle en veut toujours plus. Jenny somatise, elle est courbatue et une brûlure lui lance les tempes, comme un début de migraine ophtalmique.

Elle a besoin d'un expédient.

Elle descend dans le living sur la pointe des pieds, fait main basse sur le trousseau de clés de sa mère. Dehors, la rue est noire comme un four d'usine. Elle marche d'un pas robotique jusqu'à trouver la plaque en laiton, où les mots « Cabinet médical 1re droite » sont inscrits en lettres capitales. Il est tôt, six heures à peine. Les bureaux sont vides et elle n'a aucun mal à trouver, dans un tiroir, un ordonnancier vierge. Elle peut désormais se prescrire les cocktails de son choix. Lysanxia, Tercian, Xanax : elle est équipée pour un voyage au long cours.

Le soir même, après avoir fait le plein à la pharmacie la plus proche, elle s'allonge sur son lit et glisse dans un état cotonneux, aidée par les anxiolytiques qu'elle a gobés au hasard, en espérant vaguement mourir. Elle s'est bien gardée d'en ingurgiter une pleine poignée. Elle se sent prête mais ne fera pas de zèle excessif : c'est à la mort de venir la chercher.

Voilà, elle attend.

Soixante-douze heures et deux humiliations majeures ont laissé son petit cœur en capilotade, alors elle joue à la morte. Posé au pied de son lit de souffrance, son sac Eastpak porte les stigmates qu'elle n'a pas osé infliger à ses avant-bras, des petits aphorismes qu'elle a griffonnés au Blanco avec le sérieux des adolescents dépressifs, convaincue que la scarification d'un morceau de toile a valeur de manifeste. Parmi dix ou quinze graffitis se détache, en lettres gothiques tracées avec une application de moine copiste, le cri de Kurt Cobain : « *I hate myself and I want to die.* »

Elle attend. Peut-être est-ce cela, la mort ; une attente sans fin, un purgatoire sans issue. Dehors, une averse lance ses dernières salves avant de s'éteindre à regret. Un bruit l'arrache à son apathie de somnambule : le ronronnement de son Samsung Galaxy bat le rappel des morts-vivants. Elle se lève, avec des gestes précautionneux de toxicomane, attrape le téléphone. Un message l'attend sur le forum jeuxvideo.com. La veille, elle y a posté un long texte, dans un semi-délire, un fatras indigeste où elle hurlait son *seum* existentiel et agitait la menace d'un passage à l'acte imminent. Elle se jette voracement sur la réponse, signée Petitegadji58 :

SALUT JENNY CONTRAIREMANT A CE KE TU PENSE T ES PAS TOUTE SEULE. LAISSE LES RAGEUX PARLÉ SUR TOI, ILS TE CONNAISS PAS, ILS SON PLEIN DE HAINE MAIS MOI JE SAI QUE TON AME EST PUR TU ES UNE REINE MA BELLE ET IL FAUT PAS CEDER AU DESESPOIR CAR CEST CE KE VEULENT CES BATARDS. ILS SON AVEUGLE ET SOURD ET CROIS MOI UN JOUR ILS PLEURERON DES LARMES DE SANG

Elle lit, relit, lit encore. Oh le bienfaisant message. Cette poignée de mots plus douce qu'une perfusion de morphine. Ils disent tout ce qu'elle désespérait d'entendre un jour, tout ce qu'elle rêvait de lire sous la plume d'un être humain, le salut fraternel d'un clavier amical et compatissant, sans trace de commisération, sans la pitié qui rabaisse celui qu'elle veut consoler.

Petitegadji58 lui propose d'échanger sur Skype. Jenny ne se fait pas prier, elle est hameçonnée, elle veut en savoir plus, boire encore de cette prose délicieuse et roborative, et surtout percer le mystère de ces derniers mots qui sonnent comme une prophétie, *un jour ils pleureront des larmes de sang*, comme si leur auteur détenait quelque secret immense, un don divinatoire. La voilà, elle accourt, elle vole. Qui es-tu, délicieuse Petitegadji58 ? Qui es-tu, inespérée marraine, fée secourable ?

La discussion s'engage hors caméra : Petitegadji58 souhaite s'en tenir aux messages, dans un premier temps.

PA DE SOUCI, lui répond Jenny.

Il sera bien temps, plus tard, d'exhiber ses joues hâves et ses yeux rougis. Les questions fusent d'entrée de jeu, avec un débit de mitraillette. Jenny peine à suivre : âge, domicile, nationalité, religion des parents, son interlocutrice veut tout savoir, comme si les réponses à cet interrogatoire allaient déterminer une sentence ou un diagnostic. Jenny répond, docile. Elle attend que le flot se tarisse pour lui demander, à son tour, son prénom. De l'autre côté de la ligne, Petitegadji58 est soudain moins loquace. Elle a même l'air gênée aux entournures. Elle répond qu'elle voudrait bien, mais c'est délicat, il faudrait se retrouver ailleurs pour continuer la discussion. Ailleurs ? Dans un café ? « MDR », répond Petitegadji58 qui donne à Jenny le nom d'un site, elle n'a qu'à créer un profil, ça prend trois minutes, et elles y discuteront plus librement. Jenny accepte, elle accepterait à peu près tout pour ne pas perdre le contact de cette inconnue. Comme si elle tenait là sa planche de salut.

Vingt minutes plus tard, une fenêtre de discussion jaillit sur le fond d'écran aux couleurs de la maison Gryffondor : lionçonne_du_califat58 lui propose d'engager une discussion sur la messagerie cryptée Telegram.

BLASPHÈME

Le Palais des congrès est bondé.

Benevento est un boxeur furieux et pressé d'en découdre et la petite troupe des courtisans qui l'accompagnent peine à le retenir de ce côté-ci, dans sa loge, à coups de petites cajoleries, décaféinés et macarons Ladurée, ils le bichonnent comme on bichonne le champion qui ne veut plus attendre, le compétiteur qui a faim. De l'autre côté des portes capitonnées la rumeur ne cesse de grossir, les seconds couteaux défilent à la tribune pour chauffer la salle mais celle-ci n'en peut plus, assez de premières parties, c'est lui qu'elle veut, comme on désire une rock star et à ce moment précis Benevento n'a qu'à fermer les yeux pour entendre les mots du Vieux, ces mots empreints d'une nostalgie sénescente qui lui avaient échappé un soir, alors qu'ils arpentaient l'avenue Gabriel en écoutant les gravillons crisser sous leurs Weston.

J'avais des millions d'hommes et de femmes suspendus à mes silences
Les gens pleuraient
J'étais une icône
Vous ne pouvez pas savoir ce que c'est.

Le Vieux l'avait un peu ému, autant que l'avait embarrassé cet épanchement impudique, cette pleurnicherie d'ex-reine de beauté. Rien de plus sinistre qu'un vieux camé. Mais à présent qu'il va s'élancer à son tour Benevento comprend mieux le Vieux, il lui pardonne car il sent monter la fièvre qui ne le quittera plus, en même temps que l'envahit l'orgueil du chemin parcouru, depuis trente ans, depuis ce soir où le Vieux lui a mis le pied à l'étrier, tu as cinq minutes petit, pas une de plus, cinq minutes pour forcer le destin qu'il avait mises à profit pour lui taper dans l'œil, au Vieux, et se hisser un peu au-dessus de la foule anonyme des lampistes du parti. Il avait fait les cinq minutes et s'en était octroyé cinq de plus, porté par un succès de salle, et en quittant l'estrade le Vieux lui avait agrippé l'épaule, il lui avait dit vous passerez me voir dans la semaine ; et au lieu de se contenter de cette pichenette bonasse et paternaliste, d'accueillir comme un manne cette risette du Vieux qui alors n'était pas encore le Vieux mais le Grand Homme, Benevento avait eu cette pensée folle, où se déployait déjà son *hybris* démesurée, il avait pensé : *un jour c'est pour moi qu'on chauffera la salle.* Ce jour-là est arrivé, à force de volonté, à force d'ascèse et de sacrifices.

Une petite brune lui poudre les pommettes, une voletée de conseillers virevolte autour de lui et un débat très sérieux s'engage autour de sa cravate pour savoir s'il doit faire un nœud simple ou un double Windsor, ils s'empoigneraient presque, on n'a plus beaucoup de temps dit un conseiller qui tranche d'autorité pour une apparition non cravatée, plus conforme à *l'identité visuelle du candidat* prend-il la peine d'ajouter mais lui ne les voit pas, il est déjà là-bas, dans la salle incandescente, il murmure les premières notes du discours, pour se chauffer, comme on fait des vocalises. Il sait déjà qu'il n'en dira pas un mot et qu'il fera à l'instinct, porté par la certitude qu'il sera bon, très bon même, le meilleur dans sa partie, comme toujours depuis trente ans qu'il fait de la politique. Il demande un verre d'eau, commande qu'on ouvre les fenêtres. Une lumière rouge clignote, au-dessus de la porte.

Ça y est. Le speaker prononce son nom : Benevento, celui par qui le salut arrive. Benevento, capitaine et vigie, réformateur intransigeant qui ne mâche pas ses mots, Benevento, qui va rétablir la France dans ses droits. Benevento, qui va restaurer la paix sociale, l'ordre, la justice. Benevento, Benevento. Un roulement d'applaudissements l'interrompt, cris, cornes de brume. Un type de la régie lui bloque le passage, encore cinq secondes monsieur le ministre mais autant tenter de maîtriser un pur-sang, Benevento envoie valdinguer les deux battants d'une poussée énergique et déboule dans l'arène, il a la dalle, il est en chien, sa femme et les autres n'existent plus, relégués dans la nuit des coulisses et il peut enfin être lui-même, c'est-à-dire l'Ogre, la Bête, le Fauve. Les lumières aveuglantes le giflent à peine hissé sur la scène mais il a l'habitude, il suit le type de la régie qui avance à demi courbé devant lui, comme un valet de théâtre.

Benevento agrippe le pupitre.

Il toise la marée humaine qui ondoie dans l'obscurité. La foule qui bourdonne de désir. Face à lui, l'éternel public des meetings, douze mille fanatiques équipés de cornes de brume et de T-shirts dédiés. Les militants. Interchangeables troupiers, tauliers de permanence aux moustaches antiques, ambitieux sournois avançant masqués derrière le désir bénin de faire avancer les choses ou bien abrutis parfaits, sans malice, avec aux tripes un engagement viscéral qu'aucune trahison ne pourra décourager, une fidélité du clébard qu'un rien suffit à combler, un pin's, une flatterie, une bise mouillée. Et puis les curieux, les compagnons de route, les retraités qui ont vu de la lumière, les amateurs de frissons, les indécis qui veulent se faire une idée. Public facile, conquis d'avance, s'offrant au premier orateur venu. Benevento ne se prive pas. Il s'est installé dans le carré de lumière, avec son culot invraisemblable. Il embrasse la forêt de visages, défie les flashs et les projecteurs. « Chers amis, la France souffre d'un mal étrange »... Il fait enfler sa voix comme on fait gonfler une voile. Il parle lentement. Les mots se déploient, crachés par une vingtaine d'enceintes.

Accusateurs, d'abord.

Il désigne tour à tour les nantis, les assistés, les comploteurs, les immobilistes, les profiteurs, les escrocs, les violeurs, les anarchistes. Chaque fois, une clameur hargneuse lui indique qu'il a visé juste. Chaque accusation portée il crève l'abcès des rancœurs accumulées en silence, derrière les stores baissés de pavillons oubliés. Il raconte ces frustrations trop longtemps rentrées, et elles explosent en vociférations. La salle jubile, en redemande. Enfin, on est écouté. Enfin un type qui parle des problèmes.

Benevento sue à grandes eaux, il a tombé la veste d'entrée de jeu et offre à la foule son physique de lutteur, la torsade de ses avant-bras musculeux, poitrail dégouttant de transpiration, chemise collée comme un buvard, toison sombre et drue qui s'échappe du col échancré, sensualité de prédateur. Il a retroussé ses manches sans même y réfléchir, il va au charbon, il travaille au corps chacun des spectateurs, qu'ils sentent combien il fait bon se réfugier dans son giron viril. Pour ceux qui l'ignoraient encore il n'est qu'un concentré de révolte pure, tremblant d'indignation, une indignation nourrie par trente années de vie publique et une empathie hors du commun.

« Ce soir je voudrais vous dire ce que j'ai sur le cœur et dans les tripes. »

Cabotin désarmant sentimental compassionnel grave à fleur de peau, voilà Benevento, voici l'homme, qui s'épanche ce soir comme il ne l'a jamais fait avant, enfin comme il le fait tous les soirs mais croyez-bien que ce soir c'est spécial, et il susurre à l'oreille de cette foule qui ne demande qu'à y croire tant c'est voluptueux, même ceux qui avaient décidé de ne plus tomber dans le panneau, même ceux qui se sont bardés de réserves en entrant dans cette salle trop grande, même les méfiants et les mauvais coucheurs, c'est impossible de lui résister car il est simplement irrésistible.

Benevento est arrimé au pupitre, dans son habit de lumière. Le public lui a toujours connu la démarche saccadée qui le faisait parfois ressembler aux héros des films muets, le tronc balancé de gauche à droite comme s'il peinait à trouver un équilibre, et surtout ce tic lui traversant les épaules dans un frisson fugace, qu'il matait par un autre tic consistant à tendre le cou en avant comme s'il essayait un costume. Ce soir ses traits sont moins mobiles, il a domestiqué ce corps tressautant qui faisait le miel des caricaturistes.

Il est présidentiel.

Il est providentiel.

Il s'emporte.

Il montre une France rachitique, en guenilles, abandonnée dans un univers hostile, à la merci du premier maraudeur venu. Cernée par les Chinois, les Américains, les Africains. Menacée par les fièvres endémiques, le terrorisme et l'immigration massive. Une rumeur approbatrice monte des gradins. La foule frissonne, la foule transie d'amour et d'angoisse. Elle attend que se dessine le visage de son sauveur. Un roulement d'applaudissements l'interrompt, cris, cornes de brume. Il halète presque.

Il est à la croisée des chemins. Il faudrait s'arrêter là, s'en tenir à cette démagogie d'estrade, il est déjà allé assez loin, il lui suffit pour s'en convaincre de regarder les faces congestionnées des chefs à plume de la droite modérée qui étoffent le premier rang, ses prises de guerre qui se sentent de plus en plus pris en otages par les élucubrations maurrassiennes de leur allié d'une campagne, contraints de le soutenir en se pinçant le nez, il est déjà allé assez loin et pourtant quelque chose lui commande de sortir complètement de la route, de transgresser, de blasphémer, un surcroît d'orgueil peut-être, le sentiment infantile que rien ne pourra l'arrêter et qu'il est affranchi des convenances du *vulgum politicus*, dédouané d'avance par son talent, de l'audace toujours de l'audace a dit un conseiller, et cependant un autre lui a dit de se méfier de lui-même et de ses excès de confiance, qu'il est son pire ennemi, mais ce conseil-là n'est plus audible tandis que douze mille personnes se sont levées comme un seul homme, dans une *standing ovation*, électrisés, qui en veulent plus, qui lui demandent de ne pas avoir peur des mots, au contraire, qu'il suive son instinct et nomme les choses les plus inavouables. La foule le supplie de la décomplexer définitivement, d'anoblir leurs sentiments honteux ici, tout de suite, au micro, et Benevento ne peut pas leur refuser ce cadeau qui est aussi un cadeau qu'il se fait à lui-même, une gourmandise et un plaisir coupable, la promesse d'une hostilité décuplée de ceux qui le haïssaient déjà et d'un amour redoublé de ses partisans, il dit en articulant lentement : « IL Y A UNE CULTURE MAJORITAIRE DANS CE PAYS... »

Il pose un silence, laisser infuser ses mots. La terre s'est arrêtée de tourner, douze mille personnes sont en apnée et il se jette dans le vide avec volupté : « IL Y A UNE CULTURE MAJORITAIRE DANS CE PAYS ET ELLE ENTEND LE RESTER ! »

Une clameur gigantesque lui répond. La foule applaudit au sacrilège. Il a osé. Il a rompu le corsetant pacte républicain, il a fait péter les digues, il a délivré tout un peuple de sa mauvaise conscience et cette clameur est pure exultation, celle que procure l'impunité, celle d'une foule d'émeutiers qui prend conscience de ses force et entreprend de piller les magasins, il a dit ces mots putain, il n'est décidément pas comme les autres, il pense comme nous, il vient de nos rangs obscurs, il nous réhabilite, il nous aime, et les chapeaux à plume mangent leur chapeau à plume au premier rang, otages des applaudissements qui roulent comme le tonnerre, effrayés par le pouvoir des mots qu'ils ont pris tant de soin à émasculer, à vider de leur pulpe, à désamorcer de tout ce qu'ils pouvaient receler de vivant. La foule boit les mots chargés comme des cocktails Molotov et elle ne revient pas de les entendre résonner en pleine lumière, légitimés par la lumière, sur l'estrade des puissants, articulés sans détour par cet homme singulier, si différent du Vieux et des autres, de toute la clique des chefs à plume satisfaits et hautains, démocrates infatués qui rougissent de leurs électeurs trop crottés, pas assez chics, sans cesse à la traîne de l'Histoire, embourbés dans leurs terroirs antédiluviens et puants, macérant dans leurs haines recuites.

NOUS DÉFENDRONS NOTRE TERRE DE FRANCE PARCE QU'ELLE EST NOTRE TERRE !

La foule chavire, amoureuse. Elle sait lire entre les lignes, elle connaît son Benevento et comprend : assez des Noirs et des Arabes, on n'en peut plus, on n'est plus chez nous, pas qu'on soit racistes mais enfin quand même, tout est histoire de dosage et là c'est l'invasion, la reddition souchienne, froc tire-bouchonné et croupe offerte, et c'est à se demander si la France est encore la France.

Cyril Benevento bombe le torse, il n'est plus un politicien mais un pasteur évangélique ou un chaman, ses imprécations ne s'adressent plus à des militants mais un chaudron de tifosis en transe, et s'il avait un micro-cravate il se serait jeté dans les travées pour palper les douleurs de plus près, boire les larmes des humiliés, et serrer leurs peurs contre sa poitrine puissante. Il a complètement abandonné le discours arrangé par les crânes d'œuf de son cabinet, le dérouleur trop convenu avec ses effets trafiqués, ses formules montées en loge qui transpirent l'habileté de la haute administration ; un discours sans couille, avait cinglé Benvento en le parcourant, alors il s'en remet à son sens de la salle et à son intuition, et à mesure que ses mots prennent le large le corps reprend ses droits, il retrouve son faux-rythme et ses tressautements chaloupés, les épaules de nouveau intranquilles, les traits nerveux. Et les militants de la première heure (ceux qui l'aimaient pour ses coups de sang et sa gouaille faubourienne) soupirent d'aise en retrouvant, survolté, leur Benevento.

Il boit un verre d'eau que lui apporte le type de la régie, chasse un tic. Il est en lévitation, sonné par ses propres mots. Ce n'est qu'en quittant le pupitre, en croisant le regard noir de ses *spin doctors* qu'il prend conscience d'avoir pris un risque immense. Un virage ultradroitier est amorcé et c'est sans retour possible, du jamais vu dans un pays où les élections se gagnent au centre depuis près de cinquante ans, mais lui sait que c'est un pari gagnant, nourri par des années de pratique assidue de la géographie électorale et d'ingestion quotidienne d'enquêtes d'opinion, fort de la connaissance intime de cette chose mystérieuse que l'écrivain Bernard Pécuchin nomme le pays profond, et Benevento se dit que c'est peut-être à cet instant précis, à quatre mois de l'échéance, dans cette salle basculant dans l'hystérie, qu'il vient de gagner l'élection présidentielle.

*

– Éteignez le son de ce machin, Karawicz.

Le conseiller se penche sur la table basse, attrape la télécommande, presse le bouton. Karawicz réduit Benevento au silence. Saint-Maxens a insisté pour qu'ils regardent ensemble la retransmission en direct du meeting, sur l'écran plasma installé dans le salon Murat. Sans le son, les gesticulations du candidat le font ressembler à un Buster Keaton sous acide.

– Vous connaissez peut-être la phrase de Camus : « Un homme parle au téléphone derrière une cloison vitrée ; on ne l'entend pas, mais on voit sa mimique sans portée : on se demande pourquoi il vit. »

Karawicz sourit. Dans ces moments-là, quand le président ponctue d'un clin d'œil une phrase acérée comme un kriss malais, il le suivrait jusqu'aux Enfers. Il faut résister à cette séduction : Saint-Maxens n'a rien d'autre à proposer qu'un échec cuisant à ceux qui emboîteraient son pas syncopé dans une dernière campagne. Ce serait, au mieux, une charge pour l'Histoire, inutile et sublime – celle que lancèrent les cavaliers polonais contre les panzers de Hitler, à Krojanty. Plus probablement, la chevauchée solitaire d'un vieillard pathétique.

– Quand même, cette haine, cette obsession raciste... Je suis moins rancunier que vous ne le pensez, je ne parle même pas de ce qu'il m'a fait : tout cela est tellement loin. Mais cette haine... Et le vieux pays fragile... Ce n'est pas convenable.

La petite musique de la rancune jetée à la rivière, du patriotisme, etc. Chaque fois que Saint-Maxens se réfugie derrière ces mots trop grands – la France, le vieux pays –, Karawicz ressent un malaise. C'est dans ce rôle qu'il l'agace le plus : celui de la vieille *drama queen*. Ce matin, Bernard Pécuchin a publié un édito au lance-flamme dans un quotidien à grand tirage : « Saint-Maxens ? Il ne croit en rien. Absolument rien. Il n'a de fidélité qu'à la maxime d'Edgar Faure : "Ce n'est pas la girouette qui tourne, c'est le vent." Ce n'est pas Karawicz, son conseiller politique, qui s'en plaindra. Il a gagné une influence considérable à faire la plume d'un être si peu vertébré ». Karawicz avait réprimé un sourire en lisant ces lignes. Ce n'était pas trop mal vu. Il est vrai que le cortex souple de Saint-Maxens offre des intervalles, des espaces où le conseiller s'engouffre allégrement pour pousser ses idées grandioses. Le président a besoin des obsessions des autres. La création d'un gigantesque musée du Sang versé pour la patrie est la dernière en date, un songe fuligineux à cent cinquante millions d'euros.

Saint-Maxens se révolte, tape du poing sur le tapis en reps vert. Il roule des yeux furieux de joueur en déveine.

– Et sa vulgarité, Karawicz ! Sa vulgarité !

*

Le musée du Sang versé pour la patrie est un rêve. Karawicz avait imaginé une gigantesque agora, où les élèves de toute la France assisteraient à des shows pyrotechniques retraçant les jeunes années du général de Gaulle, sur fond de Lully et de Jean-Michel Jarre, au pied d'un gigantesque terril conique qui dresse son mamelon schisteux à Harnes, près de Lens. L'idée originelle était de faire d'une pierre deux coups : enseigner l'amour du drapeau aux jeunes nordistes de plus en plus séduits par l'islam radical, tout en refilant un coup de peps à une région sinistrée. Le président a signé immédiatement, gagné d'emblée par cette vision crépusculaire d'un nichon incandescent, au milieu des anciennes maisons de corons.

Les travaux avaient commencé depuis deux ans, avant d'être interrompus par des associations écologistes. Les terrassiers avaient trouvé sur le terril des *Eruca ventrem luteum*, une espèce rare de chenille à ventre jaune portée disparue. Elles avaient formé une petite colonie de rescapés à la faveur du grès carbonifère qu'elles boulotaient voracement. Le chantier s'était arrêté net et il avait fallu trouver un autre asile. La caserne Vérines, place de la République, à Paris, avait ouvert ses portes au musée. On avait tordu le bras au maire de Paris pour qu'il trouve une cinquantaine de millions d'euros dans son budget municipal, il en avait trouvé trente. Un prince émirati avait complété.

Les son & lumières avaient été abandonnés, Robert Hossein ayant refusé son concours au projet remanié. Au lieu de cela, les visiteurs pourraient déambuler dans une enfilade de couloirs ultramodernes, répartis sur trois niveaux, où l'on admirerait quelques reliques de l'héroïsme français, baignés dans une lumière violette. Les chaînes de Vercingétorix étaient la pièce maîtresse de la collection : un diffuseur d'encens l'envelopperait d'une aura mystique. La canne du général de Gaulle côtoierait l'épée du chevalier Bayard et la lettre de Guy Môquet. Karawicz avait insisté pour que soit célébré un patriotisme œcuménique, inclusif ; des représentants du street art avaient été mis à contribution pour décorer les murs, et la voix française de l'audioguide serait celle de Grand Corps Malade. L'inauguration est prévue le 25 décembre, place de la République.

Automne

CALIFETTES

Dans la Nièvre, le djihad consiste pour l'essentiel à faire la queue. Dans les cybers pouraves où l'on attend pour prendre son tour devant un vieux PC parce que Dounia prétend que c'est moins cramé que d'utiliser son propre matériel, avec des airs de James Bond girl, rapport à l'adresse IP, tout ça, quand la vérité moins avouable est qu'elle n'a pas d'ordinateur à la maison mais il est tellement plus excitant de se rêver en Mata Hari ou en hackeuse russe, larronnes en foire qui gloussent en entrant le code de connexion que leur tend nonchalamment le gérant pakistanais, peu regardant du moment qu'on paie comptant ou peut-être sincèrement libéral, à l'anglo-saxonne, considérant que le salafisme est une tocade comme une autre, au même rang que le parapente ou le végétalisme.

Le pied de grue, des heures durant.

À l'« accueil famille » de la maison d'arrêt d'Auxerre, cafardeux préfabriqué où s'entasse une pleine procession de patriciennes enfanfreluchées tout en afro, perruques et tatouages, foule de femmes anoblies par le malheur et alourdies par des chiées de moutards hurlant, crachotant leur tétine, pétant, gargouillant ; où Jenny et Dounia présentent comme des offrandes des sacs Tati remplis de fringues de récup que les cerbères de la pénitentiaire leur jettent à la tronche, pas réglementaire, on ne prend pas les capuches, madame, il faut lire le règlement, le règlement madame, pas de bleu ni de vert, rien qui se rapproche des uniformes des surveillants. Où Dounia et Jenny accompagnent une femme en voile intégral soucieuse d'agrémenter le quotidien de son barbu de quelques nippes, joggings et chaussettes collectées auprès de tous les salafs du coin, Dounia sans égale pour embabouiner le préposé au « dépôts linge » et le convaincre qu'il est daltonien, que ce qu'il prend pour un pull vert sapin est un sweat rouge pétard.

Attendre, pendant des plombes.

À l'agence Western Union où piétinent Blacks et blédards pour expédier quelques billets économisés on ne sait comment sur un maigre salaire que leurs proches imaginent être celui d'un Rockefeller, où quelques autres viennent s'approvisionner et repartent avec une liasse de petites coupures dans leur banane en similicuir, la salle trop chauffée plongée dans le silence que trouble, de temps à autre, une petite sonnerie électronique indiquant l'appel d'un nouveau numéro. Silence concentré des lieux où se joue l'essentiel : l'argent des pauvres. Jenny et Dounia y poireautent parfois une heure pour envoyer soixante-dix balles à un frère sur le départ ou un intermédiaire turc, qui en prélèverait la moitié pour expédier le solde à une veuve de vingt ans pleurant dans une *madafa* de Raqqa la mort de son troisième mari.

Ce djihad-là sent le linge mouillé, l'encens et la transpiration.

*

Prendre la vie d'autrui n'est pas une décision facile, mais elle a frayé son chemin sans trop d'encombre dans cette cervelle d'étourneau. Jenny a quelques prédispositions : observés depuis les coursives du préau, les autres semblent d'une espèce différente ; leurs codes adolescents sont des rites aussi mystérieux que les migrations de cétacés. Tuer un de ces êtres, ce n'est pas se tuer soi-même. C'est supprimer l'absolu étranger, la créature d'une autre rive. Et puis Dounia l'y amène en douceur. Les vidéos d'exécution sont un moyen efficace pour éprouver l'engagement de Jenny et la compromettre, définitivement.

« Ça m'a fait bizarre la première que j'ai té-ma », a prévenu Dounia pour la mettre à l'aise.

Il faut laisser le temps au temps et surtout laisser infuser, l'habitude agissant comme le plus sûr des poisons. Dounia a le chic pour vous soumettre une séquence de décapitation entre deux photos de chatons, une manière caressante, insinuante, avec un rire qui pourrait bien vouloir dire qu'ils y vont un peu fort, quand même, ces gamins turbulents et ingérables, qu'elle-même n'approuve pas complètement, mais il faut bien que Jenny sache que c'est aussi ça, le djihad, un bloc indivisible, avec ses aspects moins glorieux, aussi nécessaires que le reste.

L'orgueil est un autre levier, l'orgueil puéril de l'avoir fait, de ne pas avoir flanché, un orgueil d'ivrogne ou de collégien. « Cap ou pas cap ? », semblent dire les émoticônes de Dounia, facétieux diablotins soulignant d'un clin d'œil l'envoi d'une vidéo de défenestration d'homosexuels. Cap, bien sûr. Jenny ouvre les fichiers et regarde, luttant contre son premier mouvement, ravalant sa nausée. Elle voit la subversion absolue, l'émancipation des règles les plus élémentaires. Elle est flattée, au fond, qu'on lui fasse assez confiance pour l'adouber dans le cercle des happy few qui peuvent comprendre, qui ont les reins assez solides et les vues assez larges pour ne pas détourner les yeux, comme les autres. Bienvenue au club, lui disent les rires complices de Dounia. Des rires de voyou. Jenny tient enfin sa tribu et c'est du lourd : textes sacrés, géopolitique, violence extrême et clandestinité.

Jenny a encore des haut-le-cœur devant ces vidéos irréelles, ces décollations expédiées en quelques gestes experts. Elle n'a pas encore réussi à faire taire sa pudibonderie de pisseuse, ce que les *kouffars* appellent humanité et qui est le cache-misère de leurs compromissions. Jenny regarde, hypnotisée, se repaît du cérémonial macabre. Les bourreaux cagoulés ont l'air de savoir ce qu'ils font, ils n'ont ni pieds fourchus ni regards d'assassins mais des yeux pénétrants et le geste sûr, saisi par les caméras dernier cri de l'État islamique. Ils prennent leur temps, font le job, appliqués, consciencieux même, et Jenny ne perd pas une miette de cette besogne de garçon boucher. Il faut bien qu'une force supranaturelle anime ces types qui égorgent sans ciller, alors qu'ils fumaient encore du shit dans la banlieue de Lyon ou de Manchester il y a un an à peine. Ils le font sans plaisir, parce qu'ils sont les serviteurs dociles et les obligés d'Allah. Purifiés des scrupules, ces ruses du *Chaytan* pour arrêter le sabre qui partage l'humanité en deux, les hommes et les chiens, les porcs et les purs, nous et les autres. Jenny regarde. Jenny écoute. Pour une fois, elle veut être une bonne élève.

La rhétorique bien rodée de ses nouveaux amis fait voler en éclats les dernières digues. Une abomination, ces vidéos ? Les petits Français ont-ils les mêmes pudeurs lorsqu'il s'agit de bombarder de villages entiers, en Syrie ou ailleurs ? Le massacre des musulmans birmans revient sans cesse, leitmotiv lancinant, les Rohingyas qui se font zigouiller à la chaîne et le monde qui s'en fout, c'est du savoir pointu et documenté, la preuve irréfutable que les *kouffars* ont l'indignation sélective et qu'il faut se méfier de tout, ne croire personne, personne Jenny, ma petite mangeuse de *halouf*, surtout pas ta mère qui n'a jamais eu un mot pour eux, étrangement, elle qui se mêle de politique.

Une abomination, vraiment ?

Les loqueteux en pyjama orange pouvaient faire le choix de la vraie foi, Jenny, ils ont fait le choix de l'enfer, ils ont eux-mêmes tendu la glotte vers la lame qui leur prend la vie. Regarde-toi, qui es venue frapper à notre porte, tu es la preuve vivante qu'Allah n'est pas sectaire, il suffit de renoncer à sa vie d'avant, à sa *jahiliyya*, de regarder vers le ciel et dire les mots simples, limpides, les deux vérités indivisibles, d'un seul tenant, l'une soutenant l'autre et l'amenant sans effort, axiome imparable et insécable atome, tu les connais, Jenny, ce sont les seuls mots d'arabe que tu connaisses et c'est très bien ainsi : « *Achhadouan lâ illâha illallâh, wa achladou anna Mouhammadan rassouloullah* », j'atteste qu'Allah est le seul Dieu et Mohamed est son prophète.

*

« Moi, j'aime bien porter une *abaya* et un *hijab*. C'est mon truc. Simple. Basique. Après, si t'es puriste, tu pars sur un *jilbab*. Mais là faut grave t'accrocher, dans la rue tu te fais traiter de chauve-souris ! »

Elles sont parties faire les emplettes en bande, un frère les a conduites à Dijon et les attend dans la voiture, garé en double file devant le magasin *Sounnah Store, prêt-à-porter pour femme musulmane* où elles s'amusent comme des petites folles, enfin dans la mesure où l'autorise la présence d'un vieux Kabyle à moustache et toque d'astrakan qui sommeille sur un tabouret estropié en attendant que sa femme ait fait son choix, c'est-à-dire qu'elles pouffent en silence, les yeux baissés, ravies de jouer les chaperonnes avec Jenny, leur prise de guerre, ravies simplement d'être ensemble, de palper les étoffes et d'habiller comme une poupée l'impétrante, dans un remake hallal de *Pretty Woman*. Jenny se laisse faire, ce n'est pas désagréable. On la pomponne comme une jeune mariée. Elle est la mascotte, la bizuth, la reine d'un jour. La califette, qu'on prépare pour son bal des débutantes.

Elle a abandonné sans aucun regret ses oripeaux de *white trash* lorsque Dounia le lui a demandé, à l'exception de ses extensions platine. Rien à faire : avec sa gueule d'apprentie-coiffeuse et son teint d'albâtre, elle fait un peu tache chez les salafistes. Elle a donné des gages, pourtant. N'a-t-elle pas chouré la carte de son père, le temps de virer soixante euros sur la cagnotte Leetchi créée par Dounia pour aider un copain de Fouad, candidat au départ ? Ce n'est pas du vol, l'a assurée Dounia. C'est un butin, une *ghanima*. N'empêche que Jenny a pris un risque, et que sa main n'a pas tremblé. Mais il y a toujours une nuance de raillerie dans les yeux de Dounia lorsqu'elle regarde sa sœur si franchouillarde, une inflexion dans sa voix qui la soupçonne d'être une dilettante ou, pire, d'être une flic. Jenny s'en veut presque d'être née dans une famille de vulgaires babtous, et elle redouble de zèle pour montrer patte blanche. « Si tu savais comme ils me dégoûtent ! » écrit-elle à Dounia, qui éprouve une joie mauvaise à lui faire renier son propre sang. Jenny envie les sœurs, immigrées de deuxième génération dont la révolte est chimiquement pure, moins tordue que la sienne, plus légitime en fait. Dounia et les autres expliquent avoir subi, depuis leur plus tendre enfance, un racisme impitoyable.

« Genre ? » ose timidement Jenny.

Alors les filles racontent les humiliations, les contrôles d'identités et les blagues douteuses, les petites vieilles du centre-ville qui changent de trottoir plutôt que de vous croiser et surtout les regards ; quand les filles sont à court d'exemples, elles parlent des regards, torves, soupçonneux, des regards débordant d'arrogance et de mépris. De la violence aussi. La plupart des sœurs viennent de quartiers propres, assez semblables à celui de Jenny. Tel n'est pas le cas de Dounia et de Nurzhan « la

Tchétchène », l'aînée de la bande, géante à la face pouponne où riait une paire d'yeux bistrés. Les deux ont grandi à la Grande Pâture, la cité de Nevers dont la simple évocation fait baisser la voix de Marion Marchand. « C'était pas les quartiers nord de Marseille mais c'était quand même auch, ça dealait grave, ça bicrave », dit Dounia qui en sait quelque chose. Elles avaient vu les CRS charger lors des émeutes de la Grande Pâture, il y a six ans, et les flammes des bagnoles carbonisées qui montaient jusqu'au cinquième étage. Ces émeutes sont le souvenir de guerre qu'elles ressassent volontiers, comme on exhibe une cicatrice, elles n'y avaient pas vraiment participé mais elles étaient aux premières loges, littéralement au balcon. Jenny écoute, fascinée, ces récits homériques où les flammes ne cessent de grandir à mesure que les deux filles surenchérissent, hilares, des flammes qui bientôt grimpent jusqu'au toit, qui lèchent les nuages, chacune ajoutant un détail de son cru, les gars qui se sont réfugiés dans les anciens abattoirs avec un extincteur volé, l'école qui avait fermé, la meuf qui s'est fait courser par trois CRS sur toute la longueur de la rue de la Fosse-au-Loup avant de se faire serrer, tout ça. Et puis les heures d'ennui sur l'asphalte, enfin peut-on appeler cela de l'ennui pense Jenny qui le trouve trépidant, leur ennui, si riche de combines et de plans foireux, d'exploration urbaine, le tout emballé par leur faconde d'*anciennes* et débité à la sulfateuse.

– Raconte comment vous vous êtes converties.

– Ma parole, tu lâches jamais rien, toi. Ma petite mangeuse de *halouf*.

– S'il te plaît. Raconte.

L'islam, dans le récit de leur *jahiliyya*, arrive plus tard. Il infiltre une plaie qui suinte plus discrètement que les autres, plus douloureusement aussi : leurs parents. L'humiliation est d'abord celle du spectacle de ces parents trop humbles, qu'elles accusent d'être les gogos de l'intégration à la française. Dodues *matriochkas* à foulard bariolé qui se tuent en faisant des ménages, sans rien lâcher sur le khôl dont elles soulignent leurs beaux yeux noirs qui ne savent plus pleurer, pères à moustache façon Omar Sharif qui rasent les murs avec leur filet de courses, mal fagotés dans des manteaux trop grands. À entendre Dounia et ses potes, il n'y a qu'à les regarder courber l'échine pour avoir la rage. Pourquoi refusent-ils d'enseigner l'arabe à leur progéniture ? Pourquoi se renient-ils à ce point ? Ont-ils oublié les morts du métro Charonne, les tortures d'Aussaresses, la noyade de Malik Oussekine, toutes ces choses qu'elles ont découvertes sur des forums Internet à défaut d'en avoir jamais entendu parler dans les dîners de famille, où l'on n'aborde jamais des vrais sujets ? Où est la fierté ? Où est la dignité, quand on rampe devant l'ancien maître ? Plus sûrement que les bavures policières et les contrôles au faciès, c'est le spectacle de ces parents si résilients, effacés trimeurs, jouant le rôle des bons Arabes sans jamais récolter autre chose que du mépris, qui a mis l'orgueil de ces gamines à vif.

Jenny n'a rien de tel à raconter. On ne lui a jamais demandé ses papiers d'identité, elle n'a jamais rencontré d'ex-taulard ni fait le guet au pied d'une barre d'immeuble. Pire, elle a été complice des *kouffars* en lapant l'écuelle Marchand. Alors elle endosse franchement le costume du renégat et explique à ses nouvelles amies qu'elle se sent responsable, qu'elle veut réparer les crimes des siens. Son allégeance est une demande de pardon, genou à terre, et sa culpabilité le gage d'un engagement total.

– Vous ne le regretterez pas, supplient ses yeux avides.

*

Lorsqu'elle rentra chez elle avec son voile, Patrick Marchand passait la tondeuse. Le soleil rasait les paraboles satellite et faisait scintiller les pignons en PVC, dernière parade avant l'extinction des feux. L'herbe fauchée voletait sur le passage de la Black & Decker, qui vrombissait comme un Rafale. Le paternel portait son casque antibruit, pas peu fier d'avoir trouvé un second usage à son accessoire de ball-trap. Il vit sa fille devant le portillon, se baissa tranquillement pour couper le contact, retira le casque et cala ses avant-bras sur le manche de la machine, en patron. Il fallait se lever tôt pour le mettre en défaut, le petit père.

– Tu te prépares pour Halloween ? fut la réponse de Patrick Marchand à la conversion de sa fille à la religion du Prophète Mohamed.

Un hurlement de bête lui répondit : derrière la baie vitrée du séjour, foudroyée en plein repassage par la vision de sa fille voilée, Marion Marchand venait de s'évanouir sur le tapis persan. Jenny s'était préparée à quelque chose de ce genre, elle se sentait capable de tenir une guerre de tranchées. Elle a traversé les quelques mètres qui la séparaient de la porte d'entrée, contourné le corps inanimé de sa mère et filé dans sa chambre sans dire un mot. Qu'ils la regardent comme une bête de cirque, elle s'en foutait éperdument. Les mots de Dounia lui avaient tanné le cuir, patiemment, revenant cent fois sur l'ouvrage. La sourate de « L'araignée » était un leitmotiv efficace, et son huitième verset sonnait doux aux oreilles des révoltés : « Nous avons recommandé à l'homme d'être bon envers son père et sa mère. Mais s'ils te contraignent à m'associer ce dont tu n'as aucune connaissance, ne leur obéis pas ». Mieux, elle avait le devoir d'envoyer paître ceux qui l'astreignaient à une vie d'abjection, le nez dans le tiroir-caisse lorsqu'il devrait chercher les étoiles.

– Maintenant, il faut que tu aies ton nom de moudjahidine.

– Mon blaze ? Ma *kounya* ? Comme Jihadi John ?

– Ouais. Il sera comme une armure lorsque tu défendras nos frères.

Un ange passe. Jenny voit des combats épiques, des trompettes étincelantes. Aux pieds de son cheval, les Maîtres du *swag* mettent un genou à terre et implorent son pardon.

– Tu t'appelleras Chafia Al-Faransi, dit simplement Dounia. Chafia la Française.

TABULA RASA

Comment devient-on Chafia Al-Faransi ? Peut-être faut-il revenir à Sucy-en-Loire, son quadrillage de rues mortes, son ciel si bas qu'on pourrait le toucher.

Se laisser piéger par le quotidien et son maelström de signes familiers, les horaires de bus et ceux de la cantine, les listes de courses et les programmes télé, les horaires de bus surtout, fébrilement compulsés par Patrick Marchand comme s'ils étaient les accords d'un chef-d'œuvre tout juste composé, un miracle fragile qu'il est dangereux de tenir pour acquis, alors il répète que le bus de Nevers part plus tard en horaires de week-end et qu'il est essentiel de garder toujours sur soi le petit dépliant du syndicat d'initiative, pour ne jamais être pris en défaut, aussi sûrement qu'il est impensable de se promener sans papiers d'identité dans une dictature policière.

Écouter la porte de l'appartement de Clément se refermer, deviner les danses de l'autre côté de la vie, sentir une nuque se raidir sous votre baiser, comprendre que le garçon avec lequel vous dansez votre premier slow a probablement honoré un pari, être traversée par les regards qui ne vous voient pas, s'ennuyer à s'en déssiller les yeux, d'un ennui qui n'a pas de début et pas de fin, un ennui qui est comme la respiration de l'air, sentir que les heures ne mesurent plus rien, comprendre que l'on ne sera jamais Rihanna, humer les odeurs de carburant qui parviennent par bouffées de la station Elf toute proche et fondre en larmes, entendre votre mère s'approcher et s'étonner de vous voir pleurer, vous étonner qu'elle s'étonne alors qu'il suffit de lever les yeux pour avoir un avant-goût de l'enfer, craindre qu'elle vous prenne dans ses bras et vous parle de bouffe, parce que votre mère s'appelle Marion Marchand et qu'elle est sincèrement convaincue qu'il n'est pas de chagrin si grand qu'on ne puisse consoler avec un bœuf bourguignon.

Vous persuader que la terre n'est pas un endroit pour vous et constater que les autres ne s'en sortent pas si mal, ressentir physiquement l'hostilité dans chacune des choses qui vous entoure, être une exilée de l'intérieur, surprendre Patrick Marchand en train d'expliquer à sa femme que vous êtes peut-être autiste et entendre Marion Marchand lâcher « Il ne manquerait plus que ça », les deux laissant filer vos larmes entre leurs doigts gourds, sentant confusément l'existence d'une douleur mais ne sachant rien faire d'autre que de l'aviver un peu plus à coups d'initiatives pendables, vous envoyant en colonie de vacances pour vous « sortir un peu » sans se rendre compte qu'ils vous privent ainsi de votre seul répit, ces deux mois d'été passés loin du préau, au lieu de cela vous retrouver au milieu d'une meute adolescente que ne muselle plus le planning étroit des obligations scolaires, l'enfer de la récréation perpétuelle, votre solitude inquiète, traquée, moquée, débusquée dans ses retraites par les abominables ludions enfin débarrassés du licou, vous harcelant jusque dans les toilettes où vous vous réfugiez pour libérer un sanglot étranglé, au point qu'il vous tarde de voir mourir l'été.

Croupir dans l'ombre des autres si doués pour l'existence, bien décidés à en retirer le maximum de plaisir, pleins d'allant, les gestes amples, prenant ce qui est à prendre, contournant les obstacles, assurant leurs arrières, s'accommodant du monde tel qu'il est, du vif-argent dans les veines et du plomb dans la tête, les jambes bien campées, parfaitement lestées, et vous si gourde, empêchée, planant comme un oiseau de mauvaise augure au-dessus de vous-même, contemplant votre propre corps comme le marionnettiste un pantin qui aurait cessé d'obéir, désarticulé.

Vous sentir empruntée dans ce corps mal taillé, si étrangère à vous-même que vous ne manquez pas de sursauter lorsque votre regard bute sur la photo de famille, prise au stand de ball-trap, les mains de Marion et Patrick sur vos épaules qui se tortillent, ces mains qui vous clouent au sol, souriez, *cheese*, ouistiti, votre regard pour faire mentir le rictus extorqué, un regard qui fait fuir, les gens se débandant sans demander leur reste devant cette souffrance impudique, trop palpable, dont il n'est pas difficile de voir qu'elle n'est pas un état passager mais une maladie orpheline, incurable et peut-être contagieuse, on ne sait pas.

Vous savoir trop lâche pour vous faire la malle, avoir pour seul ami un personnage de J. K. Rowling, croiser votre regard dans une glace et voir un clébard apeuré, claquer l'intégralité de votre argent de poche pour ressembler à une pute et n'en rien retirer, deviner vos nerfs tout prêts de lâcher, espérer que vous n'êtes pas l'enfant naturel de vos parents.

Sentir l'angoisse monter et se loger à un endroit précis, toujours le même, pas dans le ventre mais quelque part entre le sternum et le larynx, une boule qui vous suffoque jusqu'à créer une espèce d'encombrement, vous coupant le sifflet avec ses questions atroces, plus tenaces que les Érinyes de l'Antiquité :

Qu'est-ce que tu fous Jenny, on t'avait dit de ne pas rester là, tu vois bien que tu gênes, on t'avait dit de laisser la place, ça ne sert à rien d'aller respirer un autre air car nous serons toujours là, tu nous emporteras où que tu ailles, et nous danserons devant tes yeux jusqu'à te faire assoir, nous te tourmenterons jusqu'à ce que tu prennes la bonne décision et alors seulement ce sera le silence et tu auras la paix.

Vos mots trop pauvres pour dire la souffrance que vous appelez le *seum*, votre sabir de mouflette mal grandie n'autorisant aucune introspection poussée, le seum stagnant de n'être pas exprimé, virant à l'aigre, à la haine, une haine contre vous-même et la terre entière, avec son cortège de visions incontrôlable, petites saynètes meurtrières où vous apparaissez en caméo avant d'en devenir l'actrice principale, dégommant à tout va, méthodique, maîtrisant votre sujet sur le bout de vos doigts gantés de cuir, jouissant de voir tomber au chamboule-tout ceux qui ne vous avaient pas prise au sérieux.

Revenir à Dounia, aussi.

Dounia la grande sœur, l'épaule amie et la parole enveloppante, le bureau des pleurs et surtout l'initiatrice, la maîtresse de cérémonie, le pygmalion, la chaperonne, l'accoucheuse et l'*alma mater*. Dounia, la Lionçonne du califat.

C'est peu dire que Dounia est différente des autres filles. Les autres : primesautières et jaboteuses mésanges en leggins pailletés, inconséquentes têtes de linotte baguenaudant en bande sur les sentiers rebattus, vaniteuses pimbêches aux idées arrêtées et toujours changeantes, hystériquement amoureuses, conservatrices par manque d'imagination, cruelles et babillantes péronnelles étourdies par le son de leur propre voix, bouches en cul-de-poule et basses du front, la tête farcie d'émoticônes et de gifs animés, lolitas de quatre sous, perruches sans tête, méchantes comme des teignes et bêtes à lécher la route, enfin des adolescentes de quinze ans.

Dounia est différente. Lorsqu'elle parle, son regard se plante dans le vôtre pour ne plus le lâcher. Elle répond à toutes les questions, avec une patience infinie.

– Pourquoi est-ce que tu portes le *hijab* ?

– Parce qu'Allah - qu'il soit exalté - le demande. Le voile nous protège des offenses. Les hommes sont des porcs, tu sais.

– Et pourquoi ta mère ne le porte pas alors ? Tu m'as bien dit qu'elle va à la mosquée.

– Parce que ma mère est une hypocrite et une apostate.

– Une apo-quoi ?

Il faut l'entendre parler de sa *jahiliyya*, sa vie d'avant, comme si elle affichait cinquante berges au compteur. Il faut l'écouter, avec ses quarante-cinq kilos toute mouillée et son museau de chatte à peine sevrée, pontifier sur ses errances passées : le rap côte-ouest à fond sur son *ghetto-blaster*, le string dépassant du falzar, le percing nasal qui la faisait sonner sous les portiques. C'est saint Augustin retraçant sa vie de fêtard, et Jenny boit ses paroles.

Dounia en rajoute un peu, au fond pas peu fière de préciser qu'elle a fait les quatre cents coups, avant. Elle décore ses confessions de formules mystérieuses, elle dit : « J'étais dans la nuit » « J'étais dans l'erreur et je ne Le voyais pas », « Les ténèbres étaient partout autour de moi »... Jenny bat des mains, subjuguée par tant de hauteur mystique. À son tour, elle veut connaître son chemin de Damas - celui qui mène à Raqqa. Les années Marchand ne sont plus des années gâchées : c'est sa *jahiliyya*, l'errance presque nécessaire en ce qu'elle rehausse par contraste le prestige de la conversion, lui donne un tour spectaculaire et définitif. Le chemin détourné que le *mektoub* a emprunté pour la conduire à bon port. Elle regrette presque de ne pas avoir eu une mauvaise vie, avant.

Dounia l'ensorceleuse.

Elle a un art inimitable de prendre congé, d'un « vas-y, à toute » qui respire la nonchalance de ceux qui connaissent la vie et ses chemins de traverse, mais aussi la roublardise apprise en faisant le chouf, âgée d'à peine treize ans, dans la cité niévraise où elle a poussé comme une herbe folle, capable de repérer à l'instinct une bagnole banalisée de la BAC. Vétérane fière de ses heures de vol, égrenant les mentions de son casier judiciaire comme autant de faits de guerre dont elle s'est toujours plutôt bien sortie, grâce à une faconde de saltimbanque géniale qui à défaut de brûler les planches réveillait le cours somnolent des audiences du tribunal pour enfants de Dijon ou de Nevers dont elle était une des attractions, avec ses façons de gosse Poulbot, arrachant des sourires aux magistrats avec son mélange de verlan et d'obséquiosité où fleurissaient d'improbables expressions de son cru, et ça donnait des pépites que les chroniqueurs judiciaires collectionnaient en se bidonnant, elle disait : « Comme j'suis pas une poukave, c'est encore moi qui vais être le dindon de la blague », et c'était comme une brise fraîche entre deux gouapes haineuses ou apathiques.

Elle a certes troqué son survêt contre un *hijab* mais le vibrato est toujours le même, celui du temps de sa splendeur, celui de l'écorchée-vive-qui-est-quand-même-très-attachante et sans doute est-ce ce qu'elle est vraiment, une écorchée vive. Les juges se défendaient d'être dupes mais l'étaient chaque fois, marchant jobardement dans la combine, fronçant des yeux de pères fouettards avant de prononcer un énième dernier avertissement qui la renvoyait dans ses pénates avec des travaux d'intérêt général ou une contrainte pénale, la taule ferme une fois encore évitée sur le fil par cette illusionniste. Alors Dounia quittait le box, mi-figue, mi-raisin, décochait un clin d'œil aux autres prévenus et ne pouvait pas s'empêcher de la ramener un peu : « La tête de ma mère, j'leur ai mis une bonne disquette. »

Avant de se séparer, les deux filles entrechoquent leur poing serré en un *check* furtif et c'est leur serment des Horaces, les épées croisées à la lumière des torches.

*

Et puis il faut croire.

Rien d'insurmontable : c'est une affaire de volonté. Il ne tient qu'à Jenny d'être quelqu'un. Cela tient à quelques mots en fait, à une vérité simple et limpide, d'autant plus aisée à reprendre à son compte que Jenny ne l'a jamais entendu réfuter, simplement elle n'en a jamais entendu parler, ça n'existait pas, elle n'avait donc aucun a priori et maintenant l'évidence se dresse devant elle, impérieuse, majestueuse, forte de tous ceux qui se sont inclinés avant elle, la vérité révélée qui ne lésine pas à donner quelques preuves sonnantes et trébuchantes, la croyance fondatrice du Dieu unique, pas un patriarche aux allures de Panoramix ou je ne sais quel élément d'un trio un peu louche mais le principe de tout, le Dieu « sans associé et sans égal », une idée de Dieu, et une fois qu'on a dit ça, on a fait la moitié du chemin, c'est assez simple, il suffit de signer en bas.

« Voici le livre sur lequel il n'y a point de doute. »

Les frères et les sœurs sont gentils. Jenny peut compter sur eux pour lui expliquer le *tawhid* et le *shirk* sans l'écraser de devoirs de vacances, respectant son rythme, lui imposant simplement d'augmenter chaque semaine le nombre des sourates récitées. Ils la laissent se convertir à sa propre sauce, c'est-à-dire à la diable, un peu de sourates et beaucoup de *hadiths*, picorés sur la toile au gré de ses recherches Google. Le soir, sur Telegram, Dounia essaie d'organiser un peu ce chaos. Elle écrit vite, tant pis pour l'orthographe, seul compte le message qu'il faut marteler jusqu'au tournis :

LIONÇONNE_DU_CALIFAT58 : *Le tawhid cest la base de tout. Ça veu dire unicité dans la seigneuri, unicité dans ladoration*
JENNYYYY : *wesh tradui un peu*
LIONÇONNE_DU_CALIFAT58 : *ça veu dire kil é le souverin qui régi toutes les choses subhanallah*
JENNYYYY : *oki*
LIONÇONNE_DU_CALIFAT58 : *Tout objet dadoration en dehor de lui n est que fausseté. Ensuite le 3eme pilier cest l unicité des noms*
JENNYYYY : *jsuis du-per là lol*
LIONÇONNE_DU_CALIFAT58 : *du nom et des attribu*
JENNYYYY : *???*
LIONÇONNE_DU_CALIFAT58 : *tkt on a tout notre tps looool*
JENNYYYY : *mdr*

Jenny se laisse bercer par l'assommante révélation qui vous gagne à l'usure, la psalmodie mahométane tournant au radotage sacré en certaines parties, l'auteur insistant lourdement, variant à l'infini autour de la Grandeur de Dieu, étourdissant son lecteur au point qu'il ne distingue même plus les invitations au meurtre jetées çà et là, en passant, comme un *obiter dictum*, la tonalité pour le reste assez sympathique, oscillant entre le lyrisme un peu mélodramatique de la prédication de la Mecque et la trivialité de celle de Médine, dont certains passages aussi attrayants qu'un précis de droit notarial étaient sautés allégrement par l'apprentie croyante.

Jenny avale les versets, dans le désordre.

Pas un Livre, mais un recueil d'aphorismes.

L'islam selon Dounia est taillé sur mesure pour son âme inquiète. Tout la séduit : l'intransigeance, l'exécration de l'époque et de ceux qui la font, les phrases simples qui expliquent le marasme mais refusent de s'en accommoder. Jenny n'est plus la cause de sa propre angoisse existentielle : l'enfer, c'est les autres. Deux semaines après leur première discussion, Jenny récite la *chahada*, seule dans sa chambre où son écran d'ordinateur jette un halo bleuté.

Jenny s'initie, pendant deux mois, à la haine. Dounia la guide dans le dédale baroque des sites djihadistes, elle lui donne les trucs et les astuces, les clefs et les sésames. Elle apprend vite : son intelligence fruste est un terreau favorable à l'islam hardcore professé par les ultras de l'État islamique. Les éructations d'Omar le Malien ou les visions eschatologiques du site Ansar Al-Haqq infusent lentement mais sûrement, se faufilant entre ses objections. Elle lit tout, avec l'avidité des néophytes, avec plaisir même, ce n'est pas tellement moins divertissant que *Harry Potter*. Comme le monde de Poudlard où chaque recoin recèle une présence secrète, celui de *Dwala* regorge d'incantations magiques et de vieux grimoires. L'éternel combat du Bien contre le Mal s'y découpe avec la même netteté, les lignes de démarcations sont claires, c'est clé en main. Certes, les bouquins de J. K. Rowling recèlent un puissant avertissement contre la tentation fasciste, la milliardaire anglaise condamnant sans équivoque les tentatives d'éradiquer Cracmols et Sang-de-bourbe au nom de la pureté ethnique, mais l'adolescente est un peu passée à côté de cet aspect-là. L'heure n'est plus à la littérature comparée. Elle musarde avec l'Égyptien Sayyid Qutb, quoique ce dernier la laisse un peu circonspecte. Il fait de la théologie, elle veut lire de la propagande. De ces lectures avalées anarchiquement, de ces conversations à bâtons rompus elle retient une idée force : il faut détruire le système.

Bonne fille, elle écoute les slogans qui dessinent un monde simple, où les adversaires sont clairement identifiés : les étrangers, les juifs, les homosexuels, les mécréants et les musulmans apostats. À peu près tout le monde, en fait. Jenny comprend qu'ils forment un tout cohérent, une masse grouillante, engagée dans une lutte à mort contre les moudjahidines. Unis entre eux dans une conjuration invisible. Les juifs, surtout. Elle n'avait jamais compris qui ils étaient vraiment, avant. Elle avait bien entendu parler de feujs, « fais pas ton feuj », « putain quel feuj », mais n'y voyait qu'un des innombrables missiles de l'arsenal adolescent pour chambrer un camarade qui refuse de prêter son *fidget spinner*. L'idée qu'il y avait là autre chose qu'un synonyme de radinerie pathologique lui avait échappé. « Les juifs sont-ils tous feujs ? » a-t-elle demandé à Dounia. Maintenant elle sait. Leur agenda caché, leurs desseins millénaires et surtout leur art consommé de la dissimulation, la foule des Moldus imbéciles incapable de détecter les fils de Sion derrière leurs apparences multiples, du banquier rutilant à l'instituteur paisible. Il y a quelque chose de jubilatoire à arracher leurs barbes postiches, à mettre au jour leurs fils de marionnettes. Dounia lui enseigne cette science occulte où il suffit d'écouter son instinct et suivre une boussole intime qui ne ment jamais : il suffit de les voir partout.

Elle jouit de posséder, enfin, une grille de lecture. La condamnation unanime et universelle de ses idées ne fait que renforcer leur crédit. Sous ses yeux émerveillés, le chaos s'organise et dessine un réseau d'intérêts occultes : le « Système ». Elle ne s'était jamais intéressée à la politique, avant. Elle n'avait jamais eu l'idée d'imputer ses tourments à un dysfonctionnement plus large de la société. C'était le temps révolu de sa *jahiliyya*. Fini de se débattre avec un ennemi insaisissable, elle l'a enfin bien en face d'elle, hideux Janus qui présente la face rougeaude de

Patrick Marchand et celle de la beauté du diable, le sournois Clément. Jenny souffrait en pure perte ; Chafia est membre d'un commando, engagé en terrain hostile.

« Un jour, ils pleureront des larmes de sang », avait écrit Dounia dans son premier message, celui qui avait fendu la nuit comme un rai de lumière. Ah la jubilatoire farce de l'arroseur arrosé, le retour de flamme, le passage à la caisse des enfants solaires ! Ils sont punis de n'avoir pas cru, soit, mais peut-être aussi d'avoir trop bâfré, pense Jenny, d'avoir exhibé avec trop d'arrogance leur incommunicable bonheur, de l'avoir narguée, de l'avoir éclaboussée de leur joie, de l'avoir attirée dans leurs fêtes pour mieux l'en chasser. La sourate des « Fraudeurs » leur prédit des lendemains qui déchantent :

Les croyants, aujourd'hui, se moquent des impies :
couchés sur des lits d'apparat,
ils regardent
si les impies sont rétribués pour ce qu'ils faisaient !

À la caisse, les resquilleurs de l'existence. Au gril, les faux-monnayeurs, les Clément, les Maîtres du *swag*. À moi le jardin des délices et le nectar pur, la récompense jamais interrompue.

*

Octobre. L'automne est un concept abstrait lorsqu'un soleil rouge assomme Sucy et ses habitants. Déjeuner dominical, autour d'une côte de bœuf. Jenny picore une salade que sa mère lui a préparée, à part. Patrick Marchand attaque sa viande franco. Marion est suspendue à la manducation puissante de son mari, elle pense déjà à l'étape d'après, elle sait que le sang appelle le sang et que la dévoration de cinq cents grammes de bidoche appelle chez son homme un autre plaisir, celui d'un gros vin rouge qui dépote. La bouteille de Roche-Mazet est sur la table, à portée de main. Il a cessé de mâcher. Jenny le regarde aussi, à présent. Les deux femmes le regardent. Patrick Marchand ne se démonte pas, saisit sa bouteille et la débouchonne en affectant un air dégagé. Autant dégoupiller une grenade à fragmentation. Jenny jette sa fourchette dans l'assiette, se lève furieusement et quitte la table, sans un mot. Elle prend l'escalier qui conduit à sa chambre.

– Franchement, Patrick, soupire Marion.

– On est chez moi. La côte de bœuf, ça s'accompagne avec du rouge, point. C'est pas la casbah ici.

Il a parlé d'une voix forte, histoire que sa fille puisse l'entendre à l'étage. Une porte lui répond en claquant. Marion Marchand attrape la bouteille, remplit son verre à ras bord et le descend d'un trait. Elle est à bout. Comment en est-on arrivé là ? Elle cherche autour d'elle une explication, quelque chose qui aurait pu faire vriller sa fille, un indice, mais elle ne trouve rien, aucune faille, aucun point d'achoppement, seulement l'intérieur sobre et respectable. Ce n'est pas sur le poster de l'exposition Monet que Jenny aura lu un appel au djihad. Un rayon de soleil inonde la pièce. Marion Marchand enfouit sa tête dans ses mains : elle voudrait se dérober à cette lumière crue qui l'accable dans son obstination cruelle à dévoiler les contours sinistres et anguleux du monde réel.

Sait-elle seulement qui est cette gosse insondable, qui porte ses traits et a décidé de se foutre en l'air ? La veille, elle est entrée dans la chambre de Jenny et elle a vu la trace des autocollants fraîchement arrachés sur le bureau Ikea, les posters roulés au pied du lit, le sac Eastpack débarrassé des petits graffitis d'ado, probablement décapé à l'eau de javel. Elle se dit qu'à tout prendre elle préférait encore la période Kurt Cobain, le genre poète suicidaire et maudit, le rouge à lèvres noir et le désespoir cultivé, c'était quand même moins inquiétant que cette chambre vide.

Marion Marchand se ressert un verre. Peut-on à ce point choisir sa vie ? S'inventer de A à Z, sans aucune logique, sans rien retenir du brouillon esquissé à la naissance par les données simples, prénom Jenny, patronyme Marchand, type caucasien, département de la Nièvre, parents non séparés, fumeurs repentis, semi-urbains, pas d'interdits alimentaires, culture catholique mais pratique épisodique, père libéral-conservateur non-votant, mère écolo ou socialiste selon l'humeur et les têtes d'affiche, ascendance morvandelle pour lui, portugo-savoyarde pour elle, propriétaires, classe moyenne hésitant entre deux tranches, des données qui ne sont pas grand-chose mais qui donnent quand même un canevas, une ébauche, les grandes lignes arrêtant les contours d'une marche à suivre ? Peut-on s'affranchir en une seconde de ce qui va de soi ? C'est donc cette transformation monstrueuse et contre nature que ruminaient ses silences rétifs. Marion Marchand se sent un peu coupable. Aussi loin qu'elle se souvienne, elle avait toujours dit à sa fille qu'elle devait suivre son propre chemin. « Il faut que tu vives ta vie, Jenny. »

Elle voulait dire par là qu'elle n'était pas obligée de travailler dans le médical comme sa mère, qu'elle pouvait avoir un engagement associatif incongru (devenir antispéciste par exemple), s'entourer d'animaux exotiques, ne pas avoir d'enfant, acheter un mobil-home, vivre sans téléphone portable. À la limite, elle pouvait même se faire tatouer : Marion Marchand était prête à encaisser une émancipation brutale et spectaculaire. Mais le *hijab*, les cinq prières, les *nashids* en boucle dans sa chambre d'ado, non. C'était trop raide. Trop brutal. La conversion à l'islam ne figure pas dans le champ des possibles auquel elle s'était préparée, parce que les enfants vous préparent toujours quelque chose. Voilà donc la Grande Épreuve, se dit-elle. Celle qui vous tue ou vous rend plus fort, le Moment de Vérité. La vie l'avait longtemps préservée, cajolée même, écartant de sa route les épreuves qui frappaient de plein fouet nombre de ses amis - un cancer, un redressement fiscal, un divorce. Je touche du bois, aimait-elle dire en joignant le geste à la parole, effleurant de ses longues mains sèches la table basse en placage de manguier.

À quarante-huit ans, son progressisme est mis à l'épreuve du réel. Jusqu'ici il ne lui avait rien coûté, il était même assez confortable : ses convictions politiques l'autorisaient à mépriser ses voisins qui inscrivent leur gosse dans le privé, écouter France Inter avec un air douloureux, traiter Michel Sardou de facho. Mais le temps des postures est terminé. Tandis que sa fille part dans le décor, la fidélité à ses valeurs exige qu'elle se fasse violence. Il faut être à la hauteur et lutter contre son instinct de mère, la part réactionnaire d'elle-même qui lui commande de passer la tête de Jenny sous la douche en la traitant de folle autodestructrice, avant de bazarder son tapis de prière sur Le Bon Coin. Elle prend sur elle. Indifférente aux ricaneurs qui moquent son irénisme, elle prend le parti du dialogue avec Jenny. Surtout ne pas la braquer. Ne pas couper le contact si ténu avec la petite âme ensauvagée et au besoin, feindre une sympathie pour le choix de sa fille : dans une émission de Bernard de la Villardière sur les prises d'otages, c'est ainsi que procèdent les négociateurs du Raid avec le forcené.

– Je suis heureux que tu aies fait ce cheminement spirituel, Jenny.

– C'est pas un cheminement spirituel, maman. Je me suis convertie.

– Oui, convertie. Excuse-moi. Tu as raison de me corriger. C'est une démarche intéressante en tout cas. Ça montre une maturité. À condition de continuer à se poser des questions.

– Je comprends pas ce que tu dis.

– Je dis juste que les vrais croyants sont ceux qui ne cessent jamais de chercher.

– Genre.

– Je fais le genre que je veux, Jenny. Je suis ta mère. Et je serai toujours là pour en discuter avec toi.

Elle voudrait avoir la nonchalance de Patrick, qui s'est fait d'emblée une religion sur le sujet en décrétant que Jenny a « un pète au casque et que ça lui passera ». Pour la première fois de sa vie, ce flegme inquiète Marion au lieu de la rassurer. Elle s'est remise à fumer. Elle se dit qu'elle aurait besoin d'un homme comme Bernard de la Villardière à ses côtés, capable de prendre la mesure du danger en un quart de seconde, poigne de fer et œil de velours. Elle comprend qu'avec Patrick, elle devra être lucide pour deux.

Il aurait pourtant été logique qu'il réagisse plus violemment que sa femme. C'eût été plus conforme à leurs convictions respectives. Marion Marchand professe vis-à-vis de l'islam une bienveillance vigilante, nourrie par la lecture d'un livre d'Amin Maalouf sur Avicenne ou Averroès, elle n'est plus sûre, en tout cas un savant sympathique, genre barbe pointue et longs doigts délicats, dont la physionomie paisible établit assez nettement que l'islam est une religion de paix. Patrick campe sur des positions moins œcuméniques : il n'aime pas les Arabes. Marion avait pensé que cette aversion emportait celle de la religion du Prophète, mais elle découvre à présent que son mari opère un subtil distinguo entre la foi et les origines ethniques. Sans doute ne prend-il pas au sérieux les nourritures spirituelles tandis que la terre, elle, ne ment pas. Jenny peut se convertir autant qu'elle veut, il n'en coulera pas moins dans ses veines le sang lourd d'une fille du Morvan. À moins qu'il se foute complètement des choix de sa fille, du moment qu'elle n'est pas gouine.

*

Jenny est reconnaissante à sa mère de la prendre au sérieux. Elle ne l'affronte qu'avec plus de détermination. Au feu roulant des questions maternelles, elle oppose un silence buté. Pas question d'user de la *takya*, cet art de la dissimulation qui autorise le moudjahidine à revêtir les oripeaux de la modernité pour les besoins de la cause. Non, elle veut que Marion Marchand s'inquiète. Elle veut que tout le monde s'inquiète. Voir ce père sortir de ses gonds, enfin, éteindre ce sourire satisfait que rien ne semblait pouvoir inquiéter, comme s'il avait découvert une vérité inconnue des hommes qui le mettait à l'abri des angoisses de ses contemporains.

Le soir, Jenny lit *Dar Al-Islam*, le mensuel francophone de l'État islamique. Elle parcourt une version en pédéèf, dans son lit, sur la tablette qu'elle a reçue pour son anniversaire. Les plumes du califat n'éludent aucun sujet : géopolitique, conseils pour les veuves de martyrs, sort réservé au peuple de Loth (les homosexuels), reportages sur la vie quotidienne à Mossoul ou Raqqa. Il y a même une rubrique intitulée « Dans les mots de l'ennemi », qui analyse les propos d'intellectuels que Jenny avait entendus ferrailler dans les talk-shows du samedi soir, quand sa mère avait le contrôle de la télécommande. Chaque propos est étayé par un *dalil*, une preuve irréfutable tirée du Coran, ou un *hadith*. La mise en page est léchée, les photos choisies. Illustrant l'éditorial du numéro d'octobre - sobrement intitulé « L'Occident à genoux » –, trois cavaliers chargent, sabre au clair, aussi splendides que les Bédouins de *Lawrence d'Arabie* : visages en lame de couteau et œil ardent, ils semblent échappés d'un film en Technicolor. Jenny passe un peu rapidement sur les étapes à suivre pour démonter un fusil d'assaut, sourit en lisant que « les âmes des martyrs sont des oiseaux verts s'accrochant aux arbres du paradis et se nourrissant de ses fruits ». Elle s'endort au milieu d'un paragraphe. Ses rêves la ramènent toujours à Poudlard où elle retrouve Daniel Radcliffe, qui porte la djellaba des moudjahidines. Il prend Jenny par la main sans dire un mot et l'entraîne dans un escalier en colimaçon, elle se sent extraordinairement confiante en emboîtant le pas sûr du *college boy* qui dévale quatre à quatre les marches suintantes d'humidité, ouvre un passage secret et traverse le couloir interdit, sans un regard pour les statues de Boris le Hagard et de la sorcière borgne. Ils parviennent enfin à la salle des sortilèges. Au centre de la salle se tient Dounia, qui sourit faiblement. Elle porte un *hijab* sang et or – les couleurs de Gryffondor.

*

Le jour, il faut continuer à souffrir.

Sans surprise, la conversion de Jenny a fait l'effet d'une déflagration dans le ciel morose de Sucy-en-Loire. Le proviseur d'Henri-Matisse sue à grosses gouttes en la voyant débarquer avec « un machin sur la tête, un *tchador* », comme il tente de l'expliquer au sous-préfet de la Nièvre. Il sait parfaitement gérer les mauvaises têtes, organiser des classes de niveau, ménager les susceptibilités syndicales, collaborer avec la police municipale pour démanteler un trafic de cannabis, mais un voile, non, ce n'est vraiment pas sa partie, ça l'effraie carrément. Les questions religieuses mettent au supplice sa pudibonderie laïcarde : il trouve aussi inconvenant de parler de *ça* à l'école que de parler de sexe à table. Mais il n'est pas possible de se défiler.

La gosse porte des gants en cours, a dit le professeur de math. Il a ajouté, haussant un sourcil furibard : « Et elle refuse de poser pour la photo de classe. » Alors le proviseur convoque Jenny et face à sa détermination se décompose, commence par la menacer puis finit par la supplier, lui, le quinquagénaire taillé dans un menhir, reprochant à Jenny de le mettre dans une situation impossible. Elle lui tient tête, sans le regarder une seule fois, les yeux perdus du côté de la fenêtre, dans le carré de ciel, et le proviseur se souvient que le prof de math l'a aussi avertie sur ce point, elle ne regarde jamais les hommes dans les yeux. Il ne demande pourtant pas grand-chose, juste un geste de sa part, pour lui éviter des problèmes. L'honnête proviseur portant bouc et chaînette, socialiste bon teint, chemisette bleu flic et stylo Bic en sautoir, pris entre les feux contraires des parents d'élèves franchement hostiles, réclamant l'exclusion sans délai de la gamine, enfin tout simplement l'application de la loi ajoutent-ils avec des airs effarés, et sa peur panique de stigmatiser la religion musulmane, d'anéantir une vie d'engagement humaniste ès qualités de secrétaire départemental de la ligue de défense des droits de l'homme par une décision trop ferme. Le proviseur tergiverse, temporise. Prendre une mesure disciplinaire contre une jeune fille voilée serait terriblement connoté. Il craint d'autant plus la *reductio ad hitlerum* qu'il en a souvent usé pour discréditer tel ou tel ; il en connaît les puissants ressorts, capables de broyer un pauvre diable en quarante-huit heures. Peut-être y a-t-il aussi dans cette hésitation un peu de la terreur sacrée qui saisit l'impie au pied de l'autel qu'il s'apprête à profaner, du sentiment que si Dieu n'existe pas il n'est jamais trop bon d'injurier Son nom, et cette crainte révérencielle arrête la main qui serait tentée de faire application de l'article 141-5-1 du code de l'éducation. Acculé, le proviseur fait alors ce qu'il a toujours fait. Il s'en remet à la méthode qui lui a permis d'être dans les petits papiers du recteur et de connaître la joie violente d'un portrait hagiographique en deuxième page du *Journal du Centre* : il dialogue. Il convoque Marion Marchand, et se laisse rassurer par l'angoisse de la mère de famille. De toute évidence cette femme digne a pris la mesure de la situation, et il la quitte sur une promesse de tout faire pour ramener Jenny à la raison.

Jenny exulte. Elle a gagné sa bataille contre le gros balourd voltairien. Le soir, sur Telegram, elle raconte avec emphase la scène du proviseur, les doigts accusateurs du *kouffar* répugnant, elle inflexible, l'Antigone de Sucy-en-Loire face à la Cité des hommes, opposant l'airain du *tawhid* aux lois scélérates de la République française.

Dounia jubile : « *Zarma* tu m'as éclatée. Ce que tu as fait, c'est comme un acte de guerre. Ouais ma gueule. Parce qu'on est en guerre, tu comprends. Alors bien sûr, les médias juifs essaient de le masquer. Ils essaient de t'enfumer avec leur laïcité. Benevento mes couilles, les autres. Saint-Maxens, le *taghout*, qui suce des bites de juifs toute la sainte journée. Ils disent c'est la même règle pour tout le monde, que c'est pas contre nous. Fils de putes de *kouffars*. Enculés de *fromages*. Toi tu sais, t'es intelligente, tu piges les trucs. Je vois ton petit sourire, celui qui me dit que t'as tout pigé. Ma Chafia. Tu sais lire entre les lignes. Et qu'est-ce que tu vois ? Que tout ça ne sert qu'à nous baiser. Ils savent que t'es humiliée si tu retires le *hijab*. Et eux c'est ça qu'ils veulent. Nous humilier. Nous forcer à insulter le Prophète, qu'Allah le bénisse et le salue. Ils veulent te faire pécher, tu vois la perversion du keu-tru ? »

Sûr qu'elle voit, Jenny. Un truc de malade, même. Dounia fait les questions et les réponses, elle parle encore et encore, sature les silences, étourdit de mots Jenny si longtemps sevrée, une débauche de mots à lui ficher le tournis, un déluge somptueux de pauvres phrases empanachées par son brio de vendeuse à la criée qui laisse l'élève sonnée, éblouie par ce stand-up déchaîné. Elle l'entraîne vers les cimes de l'abstraction avant de redescendre sur terre en piqué, direction Sucy-en-Loire et Nevers, la vie telle qu'elle est, éclairée d'un jour nouveau.

Mais l'honneur se paie comptant. Elle est devenue une paria et les « Ben Marchand » fusent sans retenue lorsqu'elle se risque un peu trop loin des pions, dans les *no-go zones* du préau d'Henri-Matisse. Un gosse essaie de lui arracher son voile à l'intercours, un autre la chambre :

– Ça va, Batman, tranquille ?

Et toujours, sous ses yeux, le ballet de ces garçons intouchables, aériens, qui découvrent leurs dents blanches lorsqu'ils sourient aux nymphettes à la peau de nectarine. Pour eux, elle sait qu'elle n'existera jamais.

La pensée de Clément ne la quitte pas. Une ou deux fois par semaine, Jenny va l'épier à la sortie des Jardins d'Hamilcar. Elle voudrait intriguer cette idole cruelle. N'importe comment, pourvu qu'elle occupe un strapontin dans son esprit. Dans ses scénarios les plus fous, il chercherait à avoir de ses nouvelles, s'inquiéterait.

Planquée derrière l'abri du bus scolaire, elle observe un petit manège qui le met au supplice. Sophie-la-gothique se jette dans les bras de Clément. Elle se pend à ses épaules larges et dures. Elle lui fouille la langue avec sa langue et ils restent comme ça, enlacés, avant de disparaître sur un T-Max qui pétarade de santé. Jenny reste sur le trottoir, se saoule d'amertume. Le choc la laisse pantelante mais ce n'est pas assez, il faut qu'elle imagine la scène suivante, lorsque Clément la couvre en haletant. Dans ces moments-là, Jenny a la certitude d'être la fiancée de l'Échec et du Désespoir.

*

Le dimanche après-midi, Chafia rejoint Dounia à Nevers. La Lionçonne du califat l'attend au pied du car, comme une cousine fidèle. Elles longent la garde routière jusqu'au *Chicken Spot* où des sœurs leur ont donné rendez-vous. Elles squattent la table du fond. Les deux banquettes affichent déjà complet alors il faut tortiller des hanches pour se coincer entre deux paires de fesses et déclencher invariablement d'hilares protestations, *wesh Dounia, vas-y tranquille sur le Ben&Jerry, tu vas finir comme la daronne à Nurzhan, Chafia la meuf elle va s'asseoir sur mes genoux, elle a grave pris la confiance.*

Le nez dans leur cornet de frites, elles ont un peu l'impression d'être des expatriées. Il fait bon se serrer les coudes et partager leurs infortunes, les insultes des camarades ou la réaction outrée de la prof de natation devant leur refus de se mettre en maillot. Les après-midi sont longs et les Coca se vident d'un trait. Pour la première fois de sa vie, Chafia est assise à une de ces tablées où l'on sacrifie aux rituels de la camaraderie : bourrades, rires sonores et taquineries potaches. On l'accepte facilement, parce qu'elle sait écouter.

Dounia tient le crachoir.

– La démocratie, non seulement c'est *haram*, mais c'est mytho. Benevento, il est juif. Saint-Maxens, il est juif. Ils te disent genre ils ont des différences, mais c'est le même programme : détruire l'islam. T'imprimes, ma gueule ?

Si elle imprime ? Les paroles se gravent dans son cerveau bousillé par les anxiolytiques. Le regard franc de Dounia est planté dans le sien. Elle parle avec aisance. Sans détour, comme on parle à une vraie amie. Elle ne veut rien lui cacher de ce qui se trame dehors. Du complot rampant, insidieux, qui sape les fondements de l'humanité. Chafia regarde Dounia, et elle se dit qu'il aurait été bon de l'avoir pour grande sœur.

Les histoires de mecs s'invitent rapidement dans la conversation. Dounia explique à ses copines qu'elle cherche un mari. Rien de plus facile : depuis qu'elle a troqué son débardeur pour un *jilbab*, les propositions affluent. Des dizaines d'hommes se bousculent au portillon, elle se paie même le luxe de bloquer les messages trop pressants. Incrédule, Jenny l'écoute raconter son marché quotidien sur Facebook.

« Tu vas voir, y a à boire et à manger », lui explique Dounia, prompte à débusquer les cassos et les mythos. Elle décrit, hilare, la foule bigarrée de ses soupirants : les imams pontifiants, crânes dégarnis et bosses de prière au milieu du front, les anciens d'Al-Qaïda et leurs récits de mitard, les Tchéchènes massifs et chaleureux, les caïds de cité avec leur gouaille de hall d'immeuble, les *born again* et les vieux de la vieille, et au milieu de cette armée mexicaine quelques spécimens carrément exotiques, un ex-alcoolique toulousain, un clodo polyglotte, un savoyard paranoïaque. Il y a même un séfarade converti issu du rugby semi-pro, qui lui envoie des photos de fleurs et lui chante des *nashids* avec une voix de baryton basse. Certains célibataires, d'autres déjà flanqués d'une femme et d'une ribambelle de gosses. Des intellos qui rêvent de faire leur *hijra* au Yémen et de suivre les cours d'une école coranique, des planqués qui vocifèrent sur Internet et continuent à faire la queue dans leur boulangerie de quartier, mais aussi des combattants, des vrais, des durs, qui la contactent depuis Mossoul ou Raqqa. Des mecs « sur zone », comme disent les juges et les flics. Ce sont eux qui intéressent Dounia : ils sont jeunes, beaux, et il faut les voir s'assoir devant leur écran entre deux assauts, la kalachnikov encore fumante, les yeux rêveurs, en tenue camouflage, singuliers mélanges de candeur adolescente et d'extrême virilité. « Il y en a un, Fouad, qui me plaît de ouf. Kabyle aux yeux verts, pouffe Dounia. Il a été blessé deux fois déjà, pendant le siège de Mossoul. Il m'a dit qu'Allah ne l'avait pas appelé parce qu'il devait m'épouser d'abord. »

Ils pourraient se marier sur Skype, c'est monnaie courante dans le milieu. Il suffit d'une bonne connexion, d'un témoin pour chaque partie et l'affaire est pliée. En comparaison, le mariage à Vegas est un chemin de croix administratif. Mais alors il faut qu'elle parte là-bas une fois le mariage prononcé. Jenny essaie de comprendre. Dounia-la-terrible reculerait-elle devant une expatriation en terre de califat ? Non, bien sûr, c'est son rêve le plus cher d'aller là-bas.

Là-bas : la ville et ses rues en terre battue, la vie réglée sur un principe simple, les hommes radieux qui se lèvent pour aller au combat, se courbent pour prier ou partager un repas fraternel. Une vie suspendue à l'absolu. Pas un pays de cocagne bien sûr, mais un endroit où l'on repart à zéro, l'ardoise effacée, la table rase pour les hommes et les femmes de bonne volonté.

Toutes connaissent par cœur les routes qui mènent à Raqqa. Rien d'insurmontable : quelques coups de fil, un covoiturage pour Amsterdam histoire de brouiller les pistes, l'avion jusqu'à Istanbul, la route en car vers la frontière turco-syrienne, deux ou trois jours d'attente dans une maison aveugle, à Gaziantep ou ailleurs, une marche nocturne, quatre-vingt-dix heures d'aventure sans risque et Dounia sera en terre promise, avec son Kabyle. Les circuits sont bien rodés, d'autres l'ont fait avant elle, il en part chaque mois qui ne sont pas plus capées qu'elle. Les astuces sont enfantines. Enlever son voile avant de passer les contrôles à l'aéroport. Prendre un billet retour. Se munir d'une carte bancaire prépayée, une de ces cartes sans compte, anonyme et intraçable en vente au bureau de tabac du coin. Une fois en Turquie, acheter une puce téléphonique pour prévenir les frères du *Cham* de votre arrivée imminente.

Autour de la table, une sœur a déjà tenté sa chance. C'est Nurzhan, l'autre fille de la Grande Pâture. Pour illustrer son propos, elle pose son aile de poulet frit et exhibe, fière comme Artaban, un renflement en forme d'anneau sous sa chaussette : le bracelet électronique qu'un juge antiterroriste lui a collé à son retour en France. Elle enrage encore. « Je m'étais sapée en mode beurette, les contrôles étaient passés crème. C'est juste que j'suis maudite. Je me suis fait lever par les Turcs dans un cyber, à Adana. » Elle plastronne.

– N'importe qui peut y arriver. Mais peut-être n'es-tu pas encore prête ? dit-elle à Dounia avec un petit rire qui l'atteint en plein cœur.

– Va bien niquer ta mère, cingle Dounia.

Elle brûle d'y être. Quitter le ter-ter qui empoisse ses baskets. L'aventure. Mitonner un plat pour son beau moudjahidine, entre deux assauts, dans un de ces vastes appartements réquisitionnés que l'État islamique attribue en priorité aux combattants étrangers. Être au plus près de l'action à défaut d'aller au casse-pipe, écouter les tirs de mortier à la tombée de la nuit, à quelques bornes des combats où une poignée de braves défient l'Occident. Une seule chose la retient : sa mère qui traîne un cancer et que ce départ risque d'achever. « Elle est dans l'erreur, mais c'est quand même ma mère. »

Deux ou trois filles approuvent bruyamment. Bien sûr, elle ne peut pas lui faire ça. Les autres protestent que la *hijra* ne saurait être retardée d'une minute à cause d'une mère apostate. Alors Dounia leur demande pourquoi elles ne sont pas parties, elles, et elles baissent les yeux, bredouillent quelque chose sur le djihad intérieur et la nécessité de passer leur brevet des collèges. Les mains luisantes de graisse, Jenny fabrique une cocotte avec sa boîte de nuggets hallal. Elle n'a pas perdu une miette de la conversation. Les échanges se poursuivent les jours de semaine, sur leur groupe WhatsApp baptisé *Lordsofwar*, petit tchat privé où les filles papotent à raison de dizaines de messages par jour, ressuscitant à chaque instant la chaleur bienfaisante de la table du fond, la revigorante sororité à la vie à la mort, chacune moins seule là où elle se trouve, en terrain forcément hostile, toutes se réconfortant et s'excitant mutuellement.

Et Dieu ?

Il est partout et il est nulle part. Convoqué à chaque phrase, comme un mantra. Jenny croit, bien sûr : à Dounia, à la rage d'Omar le Malien, aux dix mille frères et sœurs qui défient le monde entier, à leur *viva la muerte* qui déchire l'air vicié. Mais Allah, le principe de tout ? Oui, elle y croit : comme à une grande idée. Sa foi est aussi brûlante qu'inconsistante : un amour adolescent. Dounia, c'est autre chose. Elle se vante d'avoir senti le souffle divin pendant la prière, doux comme la caresse d'un amant. Jenny l'envie secrètement. Lorsqu'elle aplatit sa tête sur son tapis de prière, au plus fort de sa concentration, c'est toujours des visages connus qui lui apparaissent, ceux de son Panthéon personnel : Kurt Cobain, Harry Potter et sa joyeuse bande.

Pour s'aider un peu elle imagine une constellation d'étoiles ou un jardin luxuriant, un nid douillet d'images kitsch où Dieu pourrait venir nicher. Elle psalmodie comme un trappiste, du bout des lèvres, imitant Dounia jusque dans cette prière quasi silencieuse qu'elle a surprise, à Nevers, tandis qu'elles marchaient côte à côte. Mais aucun souffle divin ne vient chatouiller sa nuque. Seuls flottent les effluves d'ananas et de vanille exhalés par le diffuseur de parfum en céramique que Marion Marchand a installé dans sa chambre, pour éviter que ça sente le fauve.

Le prophète Mohamed a l'air plus fiable : si les historiens s'écharpent sur l'authenticité de tel ou tel épisode de sa vie, on est à peu près sûr qu'il a existé. Et si on s'en rapporte aux *hadiths*, il était plutôt chaud et n'hésitait pas à jouer du sabre à l'occasion.

– Et les enfants des *kouffars*, que faut-il faire ?

– Verser leur sang.

– Oui, mais sérieux, que faut-il faire ?

– Je viens de te le dire : verser leur sang, car il est *licite*.

Et les mots de Dounia tracent, au milieu du chaos, un chemin.

*

Fin octobre. La voix de Marion Marchand descend d'une octave tandis qu'elle actionne la machine à expresso, qui répond par un ronronnement de chat tuberculeux.

– Comment tu te sens, ma fille ?

Tous les voyants qui indiquent l'imminence d'une Discussion Sérieuse entre Filles se mettent à clignoter furieusement, arrachant un soupir consterné à Jenny. L'adolescente esquive, la bouche pleine d'ironie fielleuse :

– Oui, ça va, et toi ?

– Jenny, je voudrais qu'on aille voir une psychologue ensemble. Je ne te demande pas de la trouver sympa, je ne te demande même pas d'être sympa avec elle, juste de la voir une heure. Je ne serai pas dans la pièce. Elle te verra toute seule.

– C'est mort. M.O.R.T.

– Tu ne sais même pas qui elle est. Tu ne sais même pas pourquoi je te demande de la voir.

– Si je sais : une bouffonne qui va me parler genre je suis malade mentale.

– Raté. C'est une fille super, elle connaît très bien ces problématiques.

– Quelles problématiques ? C'est les musulmans, les problématiques ?
– Tu sais très bien de quoi je parle.
– Lâche-moi !
– Je te lâcherai quand t'auras vu la psy.
– Y aura pas de psychologue tant que papa aura pas enlevé son calendrier de la cuisine. Tu me parles de problématiques et tu vis avec des photos de putes sur les murs de ta maison. C'est ultra-*haram*, et il sait très bien que ça me fait souffrir. Ça devrait tous vous faire souffrir d'ailleurs. Vous remplir de honte.

Le calendrier Pirelli est devenu un *casus belli*. Jenny a fait de son retrait la condition préalable à la poursuite des discussions sur sa conversion. Patrick Marchand refuse de céder d'un pouce. La bonne nouvelle, c'est qu'il a perdu sa légèreté. Se rendre compte que sa fille entend infléchir leur mode de vie lui a dessillé les yeux. Tant qu'elle se convertissait en solo, il ne s'inquiétait pas trop mais l'insidieux prosélytisme, les reproches de plus en plus explicites lui ont fait péter un câble. La mauvaise nouvelle, c'est que Patrick Marchand réagit en mâle balourd, incapable de saisir les subtilités de la négociation de crise que Marion Marchand essaie de lui inculquer.

L'incendiaire calendrier - douze pages grand format et autant de bombes sexuelles s'entraînant au hula hoop avec un pneu du célèbre constructeur italien - est devenu le symbole d'une lutte civilisationnelle.

– Si on lâche là-dessus, on aura tout perdu, martèle Patrick.

À l'entendre, l'enjeu n'est pas les douze pin-up et leurs poses torrides, mais rien de moins que la Liberté, deux siècles d'émancipation conquise au prix du sang, l'insolence de Diderot et Beaumarchais, les soldats de l'an II défiant l'Europe des autocrates, les barricades de juillet et les petites femmes de Pigalle, les cocottes accrochées au cou des GI's, ce qui fait qu'on est chez nous ajoute Patrick Marchand, la narine frémissante, cocardier. Inversement, la relégation au grenier des vénéneuses créatures reviendrait à rendre les armes sans combattre et signerait le début de la fin, le premier drapeau qui tombe sous les hourras de l'ennemi, le Grand Remplacement, le pays hérissé de minarets hostiles, la pudibonderie triomphante et les prières de rue sur les Champs-Élysées.

– C'est un repli stratégique, chéri. Un repli stratégique, insiste Marion.

– Je ne baisserai pas mon froc. Je ne l'ai jamais baissé de ma vie, je ne le ferai pas devant une gosse de quinze ans.

Il fait le show, ce qui a le don d'exaspérer sa femme. Jenny part en sucette, elle est à deux doigts d'épouser le mollah Omar ou quelque chose dans le genre, et Patrick est occupé à ne pas perdre la face. Marion Marchand se sent affreusement seule. Tout le monde se fout de ce qui se trame, personne ne prend la mesure du péril, le gendarme qui l'a reçue lui a dit qu'à ce stade on est « sur de l'éducatif », l'association sur les dérives sectaires lui a expliqué qu'ils ne peuvent pas intervenir sans l'adhésion du sujet, bref, personne ne peut rien faire, et les voisins réacs ricanent presque de la voir se débattre, ne prenant même plus la peine de dissimuler le fond de leur pensée : « Voilà ce qui arrive aux bonnes consciences de gauche. Bienvenue dans le monde réel, Marion. » Elle est sur le fil, d'une agressivité croissante qui la dessert auprès de ceux qu'elle voudrait alarmer. Après l'avoir entendue déballer son sac, ils n'ont qu'une envie : raccompagner à la porte cette boule de nerfs à vif. À la gendarmerie, son interlocuteur lui a demandé si Jenny tenait des propos violents, si elle commentait les dernières exactions de l'État islamique ou avait téléchargé des « contenus suspects ». De fait, Marion n'a rien de tel dans sa besace. Jenny est plus fermée que l'enceinte d'Alcatraz, elle ne commente pas l'actualité et botte en touche dès que ses parents la sondent sur ses nouvelles amies. Elle ne parle pas de politique. En famille, ses penchants rigoristes s'expriment sur un terrain strictement religieux. « Vous savez très bien que ça ne signifie rien », explose Marion. Elle lui tend les captures d'écran de l'historique internet de Jenny, prises sur l'ordinateur qu'elle a fouillé sans vergogne. Il est vide, ou presque : quelques pages des sites traitant de théologie ou d'interdits alimentaires. « Si ça, ce n'est pas suspect », a rugi Marion Marchand. Le gendarme a secoué la tête.

– On n'est pas sur du pénal, madame.

– Mais vous voyez bien qu'elle a nettoyé son historique !

– C'est vous qui le dites.

– Elle passe quatre heures par jour sur Internet. Elle a nettoyé son historique je vous dis. Vous pouvez faire des vérifications.

– Je comprends votre stress de mère. Vous avez raison d'être vigilante. On se tient au courant. »

Elle n'en peut plus, elle est de moins en moins concentrée au travail, elle paume des ordonnanciers, son patron lui a demandé de se reprendre, elle a essayé de lui expliquer la situation sans lui expliquer vraiment mais il lui rétorque que ce n'est pas son problème, il faut se ressaisir Marion répète-t-il, et si le mot licenciement n'est pas prononcé la menace est bien là, à peine voilée. Elle est presque soulagée lorsque Patrick s'effondre, un soir, les défenses du mâle alpha volant en éclats tandis que tressautent les épaules massives, secouées par les sanglots : « Le pire, c'est son air dégoûté. Je m'en fous du calendrier. C'est moi qui la dégoûte. Il faut voir son regard, quand j'ose passer dans son champ de vision : on dirait qu'elle regarde une poubelle en décomposition. »

Marion le berce dans ses bras, elle accueille ses larmes avec gratitude et écoute étonnée cette grosse bête de Patrick qui tombe le masque, qui tombe tout, nu comme un ver dans ses bras maternels. L'homme gisant à côté de son socle, à terre, geignant, morveux. Enfin elle n'est plus toute seule face à cet adversaire insaisissable qui a colonisé le cerveau de leur fille, ils parlent la même langue, ils sont animés par le même instinct de protection viscéral et elle pose sa tête contre la sienne, dans une caresse muette et tendre de mammifère marin.

*

Vacances de la Toussaint.

Dounia a proposé à Chafia d'assister à une de ses conversations Skype avec Fouad, au cybercafé. Dounia veut qu'elle le voie parler. Elle insiste. Ce n'est pas tout de le voir, Fouad, il faut le voir parler. C'est impératif pour saisir sa ressemblance avec Nabil, du groupe Bondy System of Sound. Dounia y a mis un point d'honneur après que les sœurs se sont payé sa tête, au *Chicken Spot*, en découvrant la photo de profil Facebook de celui qu'elle avait décrit comme un sosie du rappeur français. Tout le monde avait explosé de rire, les deux rangées d'oiselles se gondolant penchées sur la photo, une sœur répétant tu m'as tuée, tu m'as tuée, le souffle court, les joues congestionnées, pleine de gratitude pour cette bonne tranche qu'on se payait ensemble, une autre hurlant *archi pas*, complètement hystéro, Nabil du groupe BSS, genre, non mais allô, quoi. Dounia a-t-elle senti le besoin de rétablir son prestige auprès de sa protégée ? Elle a prévenu Chafia : « J'dis pas si tu l'regardes comme ça, en photo, okay, j'dis pas, j'suis pas une bouffonne, je vois bien genre c'est pas vraiment Nabil mais c'est la façon de bouger, le petit sourire nanani nanana, le sourire, franchement là y'a un truc, je mito pas, y'a un truc de ouf. »

Et Chafia sourit. Les deux filles se sont installées au poste le plus éloigné du comptoir, dans la petite boutique où une dizaine de boxes abritent chacun un vieux PC en surchauffe. Chafia demande si elle doit se planquer ou si elle peut rester dans le champ de la webcam, et Dounia répond « *wallah* bien sûr tu restes à côté de *oim* », et Chafia est heureuse de cette évidence qui ne l'était pas pour elle, si échaudée, si peu habituée à être dans le cadre, elle sourit, elle rajuste sa mèche qui se rebelle encore contre le *hijab*, elle regarde.

Fouad apparaît assis en tailleur, comme un maître yogi. Il s'est composé une expression grave et c'en est touchant, il y a un vrai effort pour ressembler à Oussama Ben Laden. Dounia glousse « T'as vu ? De ouf ! » à l'oreille de Chafia et Chafia répond « De ouf », parce qu'elle ne contredit jamais Dounia, parce qu'elle a peur de la perdre, parce qu'elle ne veut pas non plus reconnaître son ignorance crasse en avouant qu'elle ne sait pas qui est Nabil de « Bi-éçès » et qu'elle est a fortiori incapable de jauger sa ressemblance avec Fouad, et puis c'est si agréable d'être complice et de s'entendre sur tout, à défaut de tout comprendre.

Fouad parle.

Il dit « *Wallah* c'est chaud, rapport aux combats », et Dounia fait le sous-titrage de ses borborygmes, à voix basse, amoureuse, « tu comprends il a perdu deux mecs de sa *katibu*, qu'Allah les agrée, mais le pire à l'entendre c'est la parano qui fait des ravages chez les moudjahidines, une parano de bêtes traquées, les *emni* voient des espions partout et les combattants étrangers peuvent être exécutés sur un simple soupçon, alors tout le monde se regarde en chiens de faïence. » Il mélange allègrement l'arabe et le français et Dounia traduit comme elle peut, la veille un mec est parti en *yeucs*, il a commencé à embrouiller tout le monde et puis il s'est tué avec son propre calibre, d'un coup, bim, rendu fou par la peur des dénonciations à moins que ce soit les *trucs*, les pilules de Captagon qui sont offertes aux futurs martyrs mais que les autres combattants peuvent se procurer pour quelques dollars, Fouad ne sait pas, probablement un peu des deux en fait.

Chafia l'écoute.

Que sait-elle de Fouad ?

Qu'il a dix-neuf ans, les attaches des poignets fines et dures, quelques avantages indéniables, qu'elle essaye de le regarder avec les yeux de Dounia mais ne peut s'empêcher d'en vouloir à ce petit mec qui va la lui ravir, c'est ça, elle est jalouse, jalouse à en crever, et une partie d'elle accueillerait avec un réel soulagement la nouvelle du martyr de Fouad Belkacem alias Abou Souleyman, tombé les armes à la main tandis qu'il défendait une position des faubourgs de Deir ez-Zor contre les satans kurdes ou les chiens d'Assad.

Il parle, elles écoutent. Il raconte un truc un peu obscur sur une fatwa contre Al-Qaïda, il parle de *fitna*, de schisme et Chafia fronce les yeux à essayer de comprendre, elle croyait qu'Al-Qaïda était plus ou moins des frères, en tout cas des alliés objectifs, comme Serdaigle et Gryffondor, mais à écouter Fouad ils ont basculé de l'autre côté, et Chafia se dit qu'il y a beaucoup de monde de l'autre côté.

Et puis il se tait.

Un silence s'installe et Chafia se sent de trop, à regarder grossir ce désir qui ne la concerne pas. Elle esquisse le geste de se lever, alors Fouad qui ne semblait pas avoir remarqué sa présence lui dit « Attends, ma sœur, attends, j'vais vous montrer mon frérot », il se lève et Chafia pense qu'il va lui présenter un frère, son faire-valoir, visage grêlé et embonpoint, elle ne se serait pas offusquée, elle a l'habitude.

Il sort quelques secondes du champ de la caméra pour revenir avec la chose métallique, longue, veinée, nerveuse, et Chafia sent une décharge lui pincer l'échine et la faire vibrer comme une corde de guitare, une décharge de plaisir pur, elle a très chaud et elle frôle la main de Dounia, pour lui communiquer ce courant électrique, mais la main reste molle et Chafia comprend qu'elle est seule à ressentir les choses, en médium, seule bouleversée par le design simple et plein, l'ergonomie évidente, la pureté de ses lignes dont une seule est courbe, une virgule, celle du chargeur de la kalashnikov qui n'attend qu'une main pour être empoigné, chéri, malaxé, vidé.

Son frérot.

Maintenant elle parle la même langue que Fouad, elle pige, elle le suit dans les dédales de baraques défoncées où il avance courbé, à tâtons, kalash au poing, « calibré » comme il dit, chasseur et chassé, aveuglé par la poussière de plâtre qui se décolle des murs à la moindre vibration, au plus petit pas, et peut-être le comprend-elle mieux que Dounia lorsqu'il raconte ses combats avec ses mots simples de joueur de console de jeux : « On a sorti les feux directs et là je dis au frère t'occupe je le fais, laisse je le fais, il était à moi alors le frère se décale, il respecte ça tu vois, il sait qu'entre cet enculé et moi c'est devenu personnel, Allah (qu'il soit exalté) lui-même il savait qu'il était pour moi, c'était écrit, et donc je le poursuis naninanana, dans les ruines, les ruines vous pouvez pas savoir, mes sœurs, c'est genre la Première Guerre mondiale ou quoi, genre les trous c'est des cratères, et là je recharge et j'le fume, blllllam, je le rafale, et je... »

La connexion s'est arrêtée et Chafia a crié « Sa race, putain sa race la connexion », le Paki l'a entendue et il rétorque que si on veut rester une heure sur Internet il suffit de payer une heure, sinon la connexion s'arrête, c'est aussi simple que ça, il dit ça depuis son comptoir où il tripatouille la batterie d'un MacBook Air et Chafia en tremblerait presque, de rage sourde. Dounia éclate de rire : « Comment tu t'es vénère. Ma parole, on dirait que c'est toi qu'es amoureuse. »

22 au 24 décembre

DERNIER INVENTAIRE AVANT LIQUIDATION

Un froid impitoyable a refermé sa griffe sur le pays et ne le lâche plus. Ce matin la rue est silencieuse et les passants avancent à pas concentrés, muscles tendus sous la morsure. La masse glaciale vient de Sibérie, rien que ça, et la miss météo Évelyne Dhéliat est excitée comme une puce en expliquant qu'il s'agit du « Moscou-Paris » mais elle est bien la seule, personne n'a envie de s'émouvoir en songeant que les rafales qui balaient Paris ont cinglé des joues moscovites et même, en amont, hanté la steppe pelée. On se gèle les couilles, point.

Qu'importe, Jenny veut dérouiller ses guiboles ankylosées. Elle enfile son *jilbab* ou plutôt disparaît sous la cloche de tissu sombre, linceul de son intempestive féminité qui engloutit le corps inconfortable, la frêle armature toute en os et membranes douteuses (vertèbres qui bossellent le dos blanc, côtes saillantes en arêtes de poisson, épaules anguleuses), piquée de phanères et tendue de peau pâle, une peau d'amphibien, granuleuse, tirant sur l'olivâtre au creux de l'hiver. Seul demeure exposé le visage où les beaux yeux gris détonnent comme une malfaçon, incongrus et inutiles atours fichés au milieu de rien, éclairant un tableau raté et appuyant par effet de contraste ses ingratitudes, le visage est découvert mais c'est encore trop alors elle enfile un tour de cou en polaire qui lui monte jusqu'au nez, voilà, elle est prête, Jenny est morte et vive Chafia, elle, est invulnérable.

Le froid lui saute à la gorge. Elle pense au clodo russe de la gare de Nevers et se dit qu'il s'en sortira peut-être mieux que ses collègues, que son organisme supportera mieux la brûlure glacée, elle l'espère sincèrement, au fond elle ne lui en veut pas. Seuls ceux qui rient sont ses ennemis.

Sur le parking, la Citroën n'a pas bougé d'un iota et ses pneus sont pris dans la glace. L'accueil du motel troue la nuit d'un halo lumineux. Jenny se sent seule mais elle ne l'est pas, de fait, il y a ces hommes qui pensent à elle et qui pensent pour elle, loin, depuis leurs bunkers, dans ce *Cham* où la vie a encore du sens, où la mort en donne un à la vie. Et pourtant leur présence est si peu réelle, si abstraite. Elle a échangé avec eux, la veille. Ils lui ont répété qu'il faudrait agir sur le marché de Noël, que c'est un haut lieu de la mécréance où l'amour du lucre rencontre le culte du faux Dieu. Ils lui ont dit d'arroser généreusement, touristes et militaires de la force Sentinelle.

Goûtez au châtiment de feu que vous traitiez de mensonge.

Elle ferme les yeux, enfonce son nez dans son tour de cou et tente de visualiser la scène, elle tourbillonnant comme un derviche tourneur, distribuant les pruneaux sans s'attarder, les gens tombant sans bruit, les vies fauchées aussi facilement que les assiettes en argile, au stand. Derrière elle, Dounia applaudit à ses cartons. Elle se représente la scène avec des victimes sans visages, floutés comme le sont les choses qui bordent l'angle mort de notre champ de vision, à peine réelles. Elle se dit qu'elle y arrivera peut-être.

Jenny sent poindre, une contradiction. Elle se sent soulagée d'être enfin chargée de quelque chose, et il y a dans ce soulagement quelque chose d'analogue à ce que peut ressentir un dépressif profond dans un stage d'équithérapie, lorsqu'il étrille l'échine d'un poney, un peu d'oubli de soi et un début de fierté, qui dans le cas de Jenny viennent affaiblir du même coup la raison profonde dudit projet : mourir pour ne plus souffrir. Enfin elle est en charge de quelque chose, elle est attendue, elle est même espérée, apaisante sensation qui diminue un peu l'urgence de sa propre disparition. Elle n'est pas lucide, loin s'en faut, complètement paumée même, et les mouvements profonds de son âme ne lui sont pas connus. Elle veut croire qu'elle se sacrifie pour la Cause, pour le « Seigneur des mondes », quand la réalité moins reluisante est qu'elle a besoin des autres pour se foutre en l'air. Aussi cette contradiction est-elle un trouble à peine perceptible, aussi vite oublié, qui n'affleure jamais à sa pleine conscience.

Le matin s'est levé. Au loin, quelqu'un actionne un rideau électrique. Un clébard lui répond. Un relent de légumes pourris révèle les poubelles toutes proches, dissimulées par une canisse en faux bambous. Jenny dépasse l'enceinte de buis clairsemés, fait quelques pas au bord de la départementale. Elle a les lèvres bleues. Le froid se joue du tour de cou et lui pince la clavicule. « Bons baisers de Moscou », avait gloussé Évelyne Délhiat.

*

13 heures. Saint-Maxens fixe distraitement la piste de décollage. Un rayon de soleil vient taper contre le bitume trempé de neige fondue. La réverbération lui revient en pleine face, à travers la vitre du hublot, le forçant à détourner le regard. Il entend les voix étouffées des pilotes, de l'autre côté de la cloison, professionnelles. Le Falcon s'élance et attend d'atteindre l'extrémité de la piste pour s'arracher, in extremis, du sol.

Saint-Maxens a relâché sa ceinture malgré les injonctions du personnel de bord. Il quitte Arles sans regret : avec ses arènes et sa pierre de Fontvieille, cette ville est taillée pour les grands soleils du Midi et la neige sale encombrait ses rues comme une incongruité dérangeante. Les poignées de main étaient au diapason, empruntées et sans chaleur. À la mairie il n'a croisé que des regards fuyants. Quelques insultes ont même fusé depuis la place de la République, alors qu'il trinquait avec les conseillers municipaux dans le salon de réception. Il a distinctement entendu le mot « enculé », tout le monde l'a entendu avec lui, mais le maire a continué son toast, comme s'il avait peur d'être tenu responsable de la grossièreté de ses administrés, haussant la voix dans un effort pathétique pour couvrir les cris d'ivrogne, un des conseillers s'empressant même d'ajouter, d'une voix altérée, que tout le monde se réjouissait de sa visite.

Saint-Maxens attrape une pleine poignée de presse française dans une bannette en bois sombre. Il arrange les journaux devant lui, en éventail, comme un jeu de cartes. Il ajuste ses lunettes, choisit un des titres qu'il approche à quelques centimètres de son visage et fait défiler le texte dans l'étroite fenêtre de son champ de vision. Ce matin, sans surprise, il n'y en a que pour Benevento.

Dans *Valeurs actuelles*, le barrésien Bernard Pécuchin lui lèche les couilles à petits coups de langue râpeuse : « Benevento casse la baraque avec ses mots crus et drus qui rencontrent les angoisses du pays profond. Oui, il y a un problème avec l'islam. Non, l'islam ne saurait être complètement blanchi dans la grande affaire de notre temps : la montée du terrorisme ». Dans *L'Obs*, Miguel Anfroy lui taille un portrait ambigu, soucieux de ne pas insulter l'avenir : « Benevento est un tueur à sang froid. Il ne lui reste plus que deux marches à franchir pour rafler la mise. Ce qu'il a fait hier, au Palais des congrès, a été certainement réfléchi. On peut être choqué par le cynisme. On ne peut pas ne pas lui reconnaître un certain brio ».

À travers le hublot, les champs se dessinent avec la précision d'un relevé cadastral. Les surfaces brunes, ocre et jaunes sont piquées de formes minuscules – une maison, un bosquet, un véhicule. Déjà l'avion s'enfonce dans les nuages. Il vole quelques instants au milieu des masses cotonneuses avant de faire surface dans un ciel rose violacé.

La vieille, le Bondy System of Sound a fait sensation en diffusant une vidéo, un titre composé à chaud que les trois rappeurs chantent *a capella*, sur un terrain de foot pelé :

La valeur n'attend pas le nombre des années
Vol AK47 pour Paname
Si j'quitte le ter-ter c'est pour t'rafaler
Benevento j'le baise et je le surbaise
De sa Corrèze jusqu'à mon Zambèze
Si j'quitte le ter-ter c'est pour rafaler

La vidéo a fait un carton et affiche un million de vues sur You Tube en moins de vingt-quatre heures. Évidemment ce n'est pas très malin : Benevento n'attendait que ça et ses affidés sont montés au créneau sans attendre, avec des mines effarouchées et des indignations de théâtre, exigeant des poursuites judiciaires contre un groupe d'excités qui « appellent purement et simplement au meurtre d'une personnalité politique », enfilant un confortable costume de martyr républicain et éclipsant les dizaines de milliers de manifestants pacifiques descendus dans les rues pour dénoncer la stigmatisation des musulmans par un ministre en exercice, qui plus est candidat à la magistrature suprême. L'opposition se trouvait sommée de prendre position, sans tarder, pour défendre le ministre menacé de mort, ce dernier s'étonnant qu'elle le fasse avec si peu d'empressement et accusant pratiquement la gauche de cautionner les appels au meurtre. L'hypocrisie est totale, le numéro de pompier-pyromane bien rodé mais l'inquiétude pas complètement infondée : les menaces de mort abondent, de plus en plus nombreuses, sur les réseaux sociaux. On a arrêté un imam intégriste qui s'est lâché en chaire, à la prière du vendredi, appelant ni plus ni moins qu'à éradiquer Benevento du monde sublunaire. La haine appelle la haine, les passions tristes triomphent et le pays sombre dans un climat délétère.

Saint-Maxens ne déteste pas pressentir que les Français le regretteront sans doute plus tôt que prévu. Il s'imagine dans sa maison picarde, emmitouflé dans un plaid, recevant avec une moue lasse la visite d'anciens détracteurs le pressant de revenir, recueillant comme un oracle ses saillies venimeuses sur son successeur. « Je vous avais prévenus », dira-t-il dans un souffle aux courtisans qui l'assailliront de chatteries, comme au temps de sa gloire. Puis il les raccompagnera jusqu'au seuil de sa retraite, et en prenant congé ajoutera « Je crois aux forces de l'esprit », ou une tartufferie du même tonneau. Les visiteurs mystifiés tomberont en couillons dociles dans le panneau de chantier, attention encens, garder le silence. Et Saint-Maxens jubile d'avance, en découvrant ses dents de requin-tigre.

*

Enfilade de rues étroites, grilles à herse qui emprisonnent les immeubles Art déco, pierre de taille, trottoirs vides. Passy et sa morgue intemporelle, Paris en porches cossus et fer forgé. Beauséjour, Bellerive, les rues ont des noms de sanatoriums suisses. Il est 14 heures et Jenny n'est pas rentrée à l'hôtel, elle a besoin de nourrir sa soif de destruction de nouveaux visages, de tisonner le feu qui la consume. Et puis elle veut se distraire d'elle-même. La marche est un expédient efficace, il fait bon écouter sonner ses pas sur le macadam. Leur parfaite régularité est un constat rassérénant. Sous l'abri d'un arrêt de bus, il y a une jeune fille très belle qui chuchote des mots d'amour dans son kit mains libres. Jenny l'observe et elle voit des cousinades dans un chalet de Saint-Moritz, hommes et femmes en fuseau et veste en peau, le chic et la décontraction comme une seconde nature, l'argent qui n'est pas un problème mais qui n'est pas un sujet, non plus. Son bus s'arrête et Jenny monte avec elle. Quelle recette magique cache-t-elle dans sa besace Chanel ? Soudain Jenny se sent cruellement impuissante à vivre. Elle essaie de se concentrer sur des choses neutres, la boucle d'un sac à main, le roulis de la marche, l'angle d'une nuque, le frottement d'un tissu. Elle voudrait affamer son âme envieuse et insatisfaite, qui se jette voracement sur chaque image de bonheur pour y prélever de quoi nourrir sa fielleuse carburation.

Elle descend à l'arrêt suivant, se perd dans le Paris huppé et funéraire. Elle rôde, frôle les voitures de luxe, shoote dans une canette vide. La ville la regarde de haut.

On lancera contre vous des jets de feu et d'airain fondu
Et de ce combat vous ne sortirez pas victorieux.

La rue est silencieuse et Jenny a l'impression d'errer sur un décor de tournage vide. Elle se sent vaguement épiée. Une subite colère lui serre les poings, une colère sans objet, une bête colère grosse de frustrations. Elle se retourne, jette un regard à la ronde. Personne. Jenny abat son poing sur le rétroviseur d'un coupé jaguar. Elle l'arrache d'un coup sec et se met à courir comme une dératée. Elle bifurque au premier croisement, ralentit sa course, allonge un petit trot jusqu'à un square vide. Elle s'arrête pour souffler, les joues en feu.

Un jour, Dounia lui avait dit : « Je suis sûre que toi, tu finiras par faire quelque chose. » Elle avait dit ça avec l'air inspiré d'une cartomancienne, sans la regarder, elle ne lui avait pas donné de détails et Jenny n'en avait pas demandé non plus. Elle savait que ce « quelque chose » ne pouvait désigner que l'alternative offerte aux grandes brûlées d'Allah, la *hijra* en terre de califat ou bien le *shahid*, ici et maintenant, la ceinture de bombes harnachées autour de la taille, les dernières prières marmottées dans un métro bondé, une salle de concert ou un grand magasin, avant d'actionner la mise à feu et se désintégrer, pour la plus grande gloire de Dieu. Si la *hijra* - l'expatriation au *Cham* - était souvent évoquée, jusque dans ses modalités pratiques, elles n'avaient jamais parlé ouvertement de la seconde option. Plus exactement, les deux filles n'en avaient jamais parlé comme d'une *piste à travailler*. Certes, Dounia restait Dounia, exubérante et outrancière, qui accueillait avec une débauche d'émoticônes hilares chaque brève annonçant un attentat-suicide à Kaboul, Peshawar, Berlin ou ailleurs. Mais c'était le martyr des autres, lointain, mythique, inaccessible. Le leur n'avait jamais été sur la table. Pensait-elle que le statut de *shahid* était l'apanage des hommes ? Au *Chicken Spot*, Dounia était restée silencieuse quand le débat avait roulé sur le destin des femmes martyres.

– Soixante-douze *houris* pour les moudjahidines, mais pour les meufs ? Wesh on se fait bien rot-ca une fois de plus !

– Tais-toi, tu connais rien. Dans le *Dar Al-Islam* de septembre y'a un savant il explique tout, comme quoi le Coran il dit que nous sommes égaux, genre on a soixante-douze hommes pour nous si on meurt en martyres.

– Ouais, mais c'est pas écrit texto.

– Qu'est-ce que tu racontes ?

– Je dis c'est pas dit texto dans le Coran.

– Lâche-moi, c'est toi le texto.

– Moi j'ai parlé avec un frère sur Dijon eh ben le mec il a été archiclair, il dit que la femme qui meurt en *shahid* elle devient une des houris, mais la plus belle de toutes.

– Donc on est rot-ca.

– Archi rot-ca.

Dounia n'avait pas pipé mot, elle avait même eu l'air un peu gênée. Ce silence jurait singulièrement avec les roulements de mécaniques de leurs petites camarades, leurs retiens-moi-ou-j'fais-un-malheur qui ne trompaient personne et surtout pas les enquêteurs de la sous-direction antiterroriste : les flics ne s'inquiétaient pas outre mesure d'une surenchère verbale qui avait débordé, à une ou deux reprises, sur les réseaux sociaux.

Ce matin, sur WhatsApp, les frères du *Cham* lui ont donné un numéro à appeler, pour avoir un « soutien opérationnel ». Elle les a remerciés chaleureusement : elle aime l'idée d'une hotline, d'un type taciturne et efficace capable de débrouiller toutes les situations. Elle imagine Mr. Wolfe dans *Pulp Fiction*, le gars qui débarque avec son attaché-case quand vous avez un cadavre dans la baignoire.

Elle n'a pas encore appelé. Elle veut se laisser un peu de temps, musarder au bord du gouffre avant de prendre son élan. Elle flâne. Sur le pont des Arts, elle accroche un petit cadenas sur lequel elle a gribouillé « Dounia & Chafia », au Blanco. Devant le Centre Georges-Pompidou, elle se fait tirer le portrait par un caricaturiste à trois sous. Le dessinateur réfléchit quelques secondes avant de se lancer, avec une joie mauvaise : il lui refile un interminable tarin de rongeur, lui rabote le menton et lui tavèle le front d'une couche de boutons gras là où ils ne prospèrent qu'à la naissance du nez, entre les deux sourcils. Chafia paie, regarde cet avatar hypertrophié : elle ressemble à un rat, ni plus ni moins. « Je suis un rat », se répète Chafia.

Sur WhatsApp les frères la chambrent, ils trouvent qu'elle se laisse un peu vivre, ils disent qu'ils ne lui ont pas envoyé de l'argent pour qu'elle fasse du tourisme, mais elle leur répond que non, elle est en planque, elle prend ses marques, elle rôde pour s'imprégner des lieux, elle repère, elle calcule les distances, elle s'entraîne.

Dounia avait rapidement décelé la vocation de Chafia. Aussi vrai que certaines personnes étaient faites pour la *hijra*, c'est-à-dire la vie maritale et la ponte en batterie, Dounia avait su tout de suite que Chafia ne serait pas une héroïne du quotidien mais celle d'un seul acte sanglant et qu'elle le commettrait ici, en France. À l'arrière-front ? Non, ce n'est pas le terme que Dounia aurait employé. Chafia l'avait entendue dire que la France n'était pas une base arrière, mais la mère de toutes les batailles. Il n'y avait donc rien de déshonorant à rester ici, au contraire. Du moment que l'on agissait. Quelques jours avant de disparaître, Dounia lui avait envoyé une photo des Twin Towers en flammes, sur Snapchat. Elle avait constellé le cliché d'une pluie d'émoticônes, sabres de pirate et cœurs rouge sang.

Jenny rentre à l'hôtel. Un petit hématome brun a vu le jour sur la paume de sa main. Le rétro avait littéralement explosé. Elle roule des épaules, avance la mâchoire inférieure, mime un truand prognathe et patibulaire. Elle voudrait en découdre. Mesdames et messieurs, entre les seize cordes du carré magique, la défonceuse de rétro de luxe, déter comme jamais, Chafia Al-Faransi. Elle se dit que si elle a cassé un rétro, elle pourra tuer à coup sûr.

*

Le lendemain, 23 décembre.

Palais de l'Élysée. Dans le hall, la sculpture d'Arman se dresse comme une menace. Des nuages pommelés s'amoncellent en masses compactes, poussés par un vent d'est. Saint-Maxens se dit qu'avec le doux dingue préposé à l'entretien de la serre d'hiver, il est probablement le seul ici à s'émouvoir du ballet silencieux qui se joue, là-haut, au-dessus des têtes.

La veille, à sa descente d'avion, Karawicz l'a pris par le coude pour lui annoncer la nouvelle : il a pris douze points dans les sondages depuis qu'il a publiquement renoncé à se représenter. Le fameux « effet *vintage* » prédit par ses conseillers en communication. Du jour au lendemain il est devenu le vieillard digne qui a su partir, une image du passé qu'on peut chérir parce qu'elle ne menace plus rien. On ne hait pas un épouvantail à moineaux. Il fait déjà partie du patrimoine, et ses défauts deviennent des aspérités sympathiques. Ceux-là mêmes qui abhorraient son immobilisme tenace et son indolence radicale-socialiste rendent hommage à sa prudence et son art du compromis, avec un serrement de cœur : on s'aperçoit trop tard qu'avec lui la pente du déclin était douce, au moins. « Veut-on vraiment le changement ? » se demandent les électeurs modérés en écoutant Benevento parler réformes à la schlague, coupes franches et gel d'indices salariaux, mais aussi quotas d'immigration et déchéance de nationalité.

Saint-Maxens sent bien que tout le monde est fébrile autour de lui. On craint qu'il s'y voie à nouveau, qu'il revienne sur sa décision, on tremble d'une embardée sénile et d'une campagne-suicide. La vérité est qu'il est déjà loin. En plein Conseil des ministres, il s'absorbe dans le dessin d'interminables spirales, sur le revers de ses dossiers.

Bientôt tout sera consommé. La momification est en marche. Hier soir, la deuxième chaîne a diffusé une rétrospective sur sa carrière. Les images d'archives l'ont ramené trente ans en arrière. Charme ravageur, sourire carnassier, teint hâlé sur fond de coucher de soleil : Saint-Maxens promettait alors de faire entrer la France dans une modernité radieuse et fonctionnelle, une modernité un peu kitsch faite de jolies filles, voitures de sport et avions supersoniques. Il était l'avenir, qui s'étalait sur le papier glacé des magazines. Le « Kennedy picard », écrivait à l'époque Bernard Pécuchin.

Saint-Maxens attrape son manteau. Dix minutes plus tard, le vieillard traverse la grille du Coq et foule le gravillon de l'avenue Gabriel. Six gardes de corps encadrent sa marche à distance. Un banc vide l'attend, providentiel. Il s'assoit, mains fourrées dans les poches, col relevé jusqu'à la naissance des joues. Des bouffées stériles de remords et de nostalgie, des pensées en pure perte le travaillent et le tiennent cloué sur place, la bouche à demi ouverte.

*

Chafia n'a plus que quarante-huit heures à tenir mais elle est presque à sec, alors elle leur a envoyé un message.

Bien sûr elle pourrait se serrer la ceinture, et en se nourrissant exclusivement de sandwichs industriels tenir jusqu'à Noël, mais elle veut s'éclater un peu, rien d'extravagant, un restaurant, une virée à Disneyland Paris, des sushis. Elle veut un mandat. Elle leur fait remarquer que chez eux, au *Cham*, avant d'enfiler la ceinture de bombe, les futurs martyrs se font dorer la pilule dans des grands hôtels de Mossoul ou de Raqqa, aux frais du califat, qu'on ne lui dise pas le contraire, elle le sait, Nurzhan lui a raconté. Qu'ils envoient un mandat, pas grand-chose, ou bien qu'ils créditent sa carte prépayée si cela les arrange, qu'ils fassent au mieux, au plus rapide et au plus sûr...

Ce sera un mandat. Ils lui envoient le code, le nom, le montant, elle peut aller le retirer quand elle veut, qu'elle fasse gaffe avec sa carte d'identité, est-ce qu'elle est certaine que ça passera, et puis c'est quoi ce délire avec Hermione Machin, quel nom pourri, personne ne s'appelle comme ça.

Elle répond : « LOL. »
Elle va retirer la thune au guichet d'une agence MoneyGram, dans le quartier de la gare Paris-Bercy. L'employé lui jette un œil interrogatif, qui va et vient entre la carte et elle, entre la pouffiasse à extensions sur la photo d'identité et la fille au *hijab* qui feint un air dégagé, et puis il lui donne son argent, à contrecœur, pas dupe pour un sou. Elle sort, jette un œil à la ronde. Le quartier de la Gare Paris-Bercy, par temps hostile, donne un exemple assez abouti de ce que la démocratie libérale peut produire de plus abject. Les années 1970 y ont laissé leur marque indélébile, en fibrociment et béton armé, celle d'une modernité terriblement datée.
Jenny renifle.
Elle aimerait manger un grec.

*

Le marché de Noël a ouvert, les petits stores en bois laissent échapper des odeurs de cannelle. Selon un ballet parfaitement chorégraphié les premiers cars viennent se ranger le long de l'avenue, libérant un flot de touristes engourdis qui clignent des yeux en s'ébrouant, pas mécontents de sentir un peu le froid piquant. Les enfants jouent à se cacher dans la soute du car, il est question de cabane, un chauffeur leur aboie dessus dans un anglais à couper, « *Stop diz ! Zi sis forbiden !* », mais globalement tout le monde est détendu, ce sont les vacances, et demain c'est Noël.
La veille, Vigipirate est passé au niveau écarlate.

*

Du pouvoir, Saint-Maxens avait préféré la conquête à l'exercice. Elle correspondait à son goût de la flibuste et du combat en bande. Il pouvait citer de mémoire chacun de ses scores, à la décimale près, depuis la première élection municipale qui l'avait vu devenir maire de C., à l'âge où ses copains rêvaient de faire le Paris-Katmandou. Il gardait intact, comme un trésor, le souvenir de ce soir de 1972 où un de ses copains s'était juché debout sur un tabouret de bar, moustache à la Magnum et col pelle à tarte, dans le rade qui leur servait de local de campagne, émergeant tel un colosse du brouillard des fumées de Gitanes pour annoncer d'une voix blanche le résultat du second tour. C'était son premier jackpot et le début d'une légende, celle du « Bulldozer », du jeune prodige qui achetait ses costumes croisés chez les meilleurs tailleurs de Savile Row et expliquait crânement, devant les radios locales, que Bonaparte avait bien été général à vingt ans.

Vingt-sept campagnes plus tard, le second tour des présidentielles. « L'Everest par la face nord », avait dit Karawicz. Les dernières semaines qui passent à la vitesse de l'éclair. L'adrénaline maintient à flot les corps recrus de fatigue. Le directeur de campagne pilote les opérations, depuis son bureau encombré de trois ou quatre téléphones qu'il ne décroche que furieusement, en ayant soin de mettre le haut-parleur pour que les collaborateurs ne perdent pas une miette de la conversation. L'appartement haussmannien est peuplé de cartons crevés, il sent la peinture fraîche, décor planté dans l'urgence par quelques conseillers insoucieux de le rendre accueillant ou même vivable, puisqu'ils seront désertés sitôt la campagne terminée. L'atmosphère est celle d'un QG militaire à la veille d'un assaut.

Plus le temps de réfléchir. Les sondages nous créditent d'une brève avance et on veut la conserver comme un trésor. Surtout ne pas laisser s'évaporer ces deux ou trois points d'avance arrachés au corps à corps. On sait qu'en face, l'adversaire est prêt à tout pour renverser le cours des choses. On attend, et chaque jour qui s'achève est une victoire.

Et puis l'angoisse du dernier jour, retranchés dans la pièce où l'on fume clope sur clope, en n'osant pas trop croire les premières estimations qui tombent, toutes positives. Le spectacle de cet homme seul, dont la voix a déjà quelque chose de changé. Son regard flotte un peu. Il va être président de la République. Le sentiment d'irréel qui domine, tandis que la foule commence à se masser sous les fenêtres. Les nerfs qui se détendent et donnent lieu aux réactions les plus inattendues, un ancien ministre qui se lance dans des imitations improvisées du candidat d'en face, Karawicz qui répète ne nous emballons pas, surtout ne nous emballons pas. Les nouvelles estimations qui finissent de tout emporter, tout fondre dans une hystérie absolue. Toute la tension qui crève d'un coup. L'énorme rumeur qui monte dans la rue, les klaxons, les télés qui diffusent le chiffre en boucle. Les scènes de folie collective qui défilent sur les écrans. L'impression nette de se trouver en coulisse avant le concert du siècle. On s'embrasse, on pleure, on s'étreint. Saint-Maxens, calme tout à coup, qui serre la main de chacun.

À la Concorde, une fille soulève son T-shirt LES JEUNES AVEC SAINT-MAXENS et découvre ses seins. Un militant entre deux âges pleure et dit que c'est le plus beau jour de sa vie. Il pleut, mais tout le monde s'en fout.

*

Jenny marche, contre le vent, dans les rues tristes. Sur son passage les cadres se retournent, esquissent un pas chassé pour éviter le contact. Derrière la vitrine d'un magasin Darty, une dizaine d'écrans plasma diffusent le même clip MTV, et l'adolescente reçoit en pleine poire le spectacle de cinq cents étudiants américains en train de fêter le début du *spring break* sur une plage de Cancún. Une fille entreprend de nettoyer le pare-brise d'un SUV Cadillac avec ses seins, au milieu d'une foule joyeuse et compacte de *spring breakers* tous outrageusement beaux, conquérants, apolliniens, sculptés par une lumière rasante de fin d'après-midi. Ils ondulent lascivement et leurs corps additionnés font masse, ils sont une armée en formation serrée, une armée puissante et sans pitié dont les injonctions au bonheur sont des arrêts de mort pour ceux qui n'ondulent pas assez gracieusement, assez onctueusement, et Jenny est à nouveau dans la cour d'Henri-Matisse à l'heure du pogo et des déhanchements hypnotiques, quand sont départagés les gagnants et les perdants. Elle regarde avec avidité. Elle envie la plus infime parcelle de leur bonheur exubérant, et imagine leurs corps déchiquetés par un explosif. Tous ceux qui rient sont ses ennemis.

Au croisement de la rue de Bercy et de la rue Van-Gogh, elle s'engouffre dans une boulangerie Paul, séduite à peu de frais par la promesse d'une escale douillette dans un décor de bois clair, au milieu des odeurs de confiture et de froment. Tant pis pour le grec. Elle achète un croissant nature et s'installe à un mange-debout, près de la baie vitrée. Elle grignote lentement, voûtée, comme un rongeur, un œil sur les passants de la rue de Bercy.

Au fond, ce ne serait pas tellement étonnant qu'on la file. Depuis une semaine, elle a semé une multitude de petits cailloux qu'un fonctionnaire de la DGSI n'aurait aucun mal à suivre. L'enveloppe de liquide, le virement avorté, la tentative de retrait, les errances en *jilbab*. Et surtout ce message envoyé à un frère : « Ils auront une belle surprise à Noël ». Quelle conne elle fait, se dit-elle. Du Jenny dans le texte. L'épanchement d'une gamine incapable de garder un secret, à moins que ç'ait été le désir d'en remontrer un peu à ce gros lourdaud qui s'était vanté d'avoir lu les mille six cents pages de l'*Appel à la résistance islamique mondiale* d'Abou Moussab Al-Souri. Il allait voir ce qu'il allait voir. Elle ne le connaissait même pas, à peine s'ils ont échangé une demi-heure sur une messagerie cryptée. Assez pour l'entendre pontifier sur les tièdes et les hypocrites, qui se payaient de mots tandis qu'il avait déjà récolté deux blessures par balle sur le front du sud. Il l'avait un peu chauffée, lui demandant quels étaient ses projets concrets, insinuant qu'il devinait en elle l'énième péronnelle au verbe haut, incapable de sacrifier à la vraie foi ses petites habitudes de bouseuse autosatisfaite. *Hijra* en terre de califat ? Bombonne de gaz ? Un marché de Noël ? Elle avait voulu lui rabattre le caquet, jetant ces quelques mots comme un défi, avant de se déconnecter. « Une belle surprise à Noël »... Les frères du *Cham* lui avaient pourtant dit de n'en parler à personne, et de se méfier de tout le monde. Il n'en fallait pas plus pour alerter les services et peut-être était-ce son souhait, au fond, alerter le monde pour qu'on l'interpelle ici, devant les clients de la boulangerie, qu'on la prenne en charge et qu'on l'assaille de questions, la brutalise peut-être, pourquoi pas, elle était prête à se faire un peu secouer pourvu qu'ils soient à son chevet, fébriles, tendus, scrutant ses réactions derrière une vitre sans tain, fouillant ses ordinateurs et les plis de son existence chétive, elle jouant les demeurées, ou bien au contraire hystérique, mauvaise, agonisant d'injures les officiers de police judiciaire, simulant des convulsions jusqu'à ce qu'ils mettent fin à l'audition pour la ramener dans sa cellule qu'elle salirait d'excréments, le show Chafia Al-Faransi, le grand barnum avec ses gags et ses numéros léchés et le clou du spectacle, le déferement devant un juge d'instruction antiterroriste de la « Furie de la Nièvre ».

Personne ne vient.

Personne ne se lève pour lui faire une clef de bras et lui notifier ses droits. Autour d'elle les clients discutent présentation

PowerPoint, vacances au ski et RTT en picorant les miettes de leur chausson aux pommes. Un homme aux cheveux luisants de gel fait son entrée, avec l'outrecuidance d'un cowboy qui déboulerait à cheval dans un saloon. Cette façon d'occuper les lieux, de prendre ses aises sans considération pour les primo-arrivants, de planter son drapeau partout, sans gêne... Jenny croit voir son père. « *Cette arrogance* », aurait fulminé Dounia. L'homme postillonne au téléphone, il a placé sa main en cornet autour du combiné mais il parle à voix forte, il gueulerait presque : « J'suis pas de droite mais Benevento a un truc, je pense qu'il faut lui laisser sa chance. Je sais que tu vas bondir mais pour moi le choix il est déjà fait. Je... Laisse-moi t'expliquer. Laisse-moi t'expliquer. Tu ne me laisses pas parler. Tu... » Une dame avale son expresso *con latte* avec des bruits de succion appuyés. Personne ne vient, il faudra donc aller jusqu'au bout, ne pas flancher, et pour cela occuper les deux jours qui la séparent de l'échéance. *Le Royal Monceau* ? Il lui reste 500 euros, et quarante-huit heures pour mener la grande vie. Elle claquerait toute cette thune dans une geste magnifique et dérisoire, une nique ultime, comme on laisse un pourboire outrageant avant de filer sans un regard pour le serveur incrédule. Elle pense aux Saoudiens avec leurs liasses de dollars, à Dounia. Elle aurait su faire, elle. Elle aurait soufflé une idée fantasque, une idée de patronne.

Elle se hait de vouloir plaire, cette saloperie d'habitude qui racornit tout.... Au *Chicken Spot*, elle avait entendu Dounia se réjouir bruyamment des dernières exactions du califat, pas gênée pour un sou, indifférente aux regards outrés qu'elle allumait sur les tables voisines.

– Fais gaffe, disait Nurzhan, qui se souvenait alors qu'elle avait un bracelet électronique.

– J'm'en *baleck*, répondait invariablement Dounia. Ils ont qu'à changer de table si ça les gêne.

Dounia vivait comme elle l'entendait, en reine de Saba. Aucune pose dans cette assurance tranquille : elle s'en battait littéralement les couilles, qu'elle avait en acier trempé.

Jenny se lève brusquement, furieuse contre elle-même. Le gif animé, les Jardins d'Hamilcar, les vidéos de défenestration, le verset cent quatre-vingt-onze de la deuxième sourate, les assiettes en argile de Patrick, elle a fait le tour, elle est prête. Le moment est venu d'appeler le numéro de téléphone qu'ils lui ont donné. Le « soutien opérationnel ».

Elle utilise le Nokia. La réponse lui parvient presque immédiatement : un texto avec une adresse, en banlieue nord, sans autre commentaire. Elle sort de la boulangerie, s'engouffre dans le métro. Elle se perd dans les boyaux lisses de la ligne quatorze, plongés dans une semi-pénombre. Elle passe deux fois devant le même guitariste, un gnome mélancolique dont les mélopées jazzy la poursuivent dans les galeries. La chaleur est une maigre consolation dans ce labyrinthe. Elle s'arrête devant un plan et cherche trois bonnes minutes avant de trouver le RER B parmi les entrelacs du réseau RATP.

*

Visite d'une coopérative agricole, dans le Maine-et-Loire. Benevento porte une parka rouge, des bottes en caoutchouc, l'odeur du purin est rehaussée par l'humidité, il a les mains dans les poches, le dos voûté, terrien. Il est Panturle, il est Jacquou le Croquant, il est ce que vous voulez qu'il soit. Il écoute un agriculteur pester contre la réglementation européenne. Le ministre est en forme, l'agriculteur l'a accueilli avec quelques réticences et Benevento s'est fait un défi personnel de se le mettre dans la poche, alors il le travaille au corps, littéralement, il l'assaisonne à coups de petites frappes dans le dos, de tutoiement, il lui palpe le bras, il l'ausculte, il lui tire la manche, il fait du Benevento. Déjà l'agriculteur est plus tendre, il abandonne son quant-à-soi et Benevento porte le coup de grâce, il lui dit qu'ils partagent des origines saumuroises. L'homme marque l'arrêt, mystifié, c'est pas vrai a-t-il dit, et Benevento a résisté à l'envie de répondre, ben non, mon con, c'est pas vrai.

Derrière lui, les conseillers peinent à suivre, évitant les flaques à demi gelées en lançant d'acrobatiques enjambées, précautionneux, contorsionnés dans leurs pantalons cigarette, tandis que lui y plonge les pieds franco, les recherchant presque, flinguant avec délectation son pantalon de costard Smalto.

Quelque chose s'est passé depuis le Palais des congrès. La parole se libère, ses adversaires conspuent ses dérapages mais se dépêchent de durcir le ton, ils ont compris qu'il a mis le doigt sur une douleur innommée, ils ont peur d'être en reste alors ils surenchérissent maladroitement. Benevento a réussi son premier pari : être le candidat qui dicte l'agenda, celui qui donne le ton et impose le sujet.

Il a senti mieux que les autres, avant les autres, la peur qui travaille les âmes des Français. Il l'a reniflée comme un chien truffier, quand elle n'était encore qu'un fumet discret dans le fond de l'air, il a pressenti qu'elle serait sa martingale et il n'a même pas eu à l'attiser puisque les événements s'en sont chargés, providentiels, les attaques à l'arme blanche ou au camion-bélier, les corps déchiquetés, images cauchemardesques qui ont colonisé les esprits et altéré les facultés de jugement. Quand ses collègues dansaient sur un pied, effrayés à l'idée d'être marginalisés et s'aliéner la manne électorale de sept millions de musulmans, il y allait à fond, à la truelle, au bazooka, désignant à l'opprobre populaire tout ce qui porte un *tchador*, *burka*, *niqab*, *jilbab*, *hijab*, ne rechignant pas à qualifier l'islam d'« incontestable ferment du terrorisme abject », terreau fertile où prospèrent les putrescents bacilles de l'action violente, du meurtre, de la guerre des civilisations. Ses outrances ont porté leurs fruits : il est de plus en plus populaire et de moins en moins fréquentable. La veille, son staff a pris la décision de doubler ses effectifs de sécurité.

*

Le Mr. Wolfe de l'État islamique n'a pas exactement le charme décontracté de Harvey Keitel. Elle a erré de longues minutes le long d'une rocade avant de trouver la zone pavillonnaire où il habite, bizarrement plantée au milieu d'une cuvette, encerclée par un échangeur autoroutier. Une fois dans ce cloaque, elle n'a eu aucun mal à dénicher la petite maison en crépi. Les volets fermés augurent une cruelle déception, d'autant que personne ne semble réagir, à l'intérieur, aux coups de sonnette furieux de Chafia. Elle se dit que c'est foutu. Le type aura déménagé, à moins qu'il se soit fait serrer, sur Internet les frères avaient l'air assez fébriles, il y a eu une vague d'arrestations en région parisienne, elle n'en sait pas tellement plus car ils ne veulent pas lui en dire plus, pour la protéger ont-ils ajouté, et c'est drôle qu'ils parlent de la protéger quand ils veulent l'aider à mourir. Elle a déjà tourné les talons lorsque la porte s'entrouvre. Un gros Maghrébin d'une vingtaine d'années apparaît, portant survêt ample et collier de barbe. Un bref salut de la tête, et il lui fait signe de le suivre à l'intérieur.

Autour d'eux, une vaste pièce entièrement vide. Seuls rescapés : une horloge murale en plastique, une chaise, une table en formica et un matelas. L'unique lampe, posée par terre, a été débranchée et la prise soigneusement enroulée. La poussière recouvre tout le sol, ou presque : en quelques endroits, son absence dessine par contraste l'emplacement de meubles récemment retirés. On devine une commode, peut-être une table basse. Une fenêtre entrouverte laisse filtrer la rumeur du trafic autoroutier, et cette intrusion de la vie résonne étrangement dans la pièce nue.

Il lui tend un paquet lourd et compact, entortillé dans un sac de congélation autour duquel on a passé deux tours de double-face. Chafia est surprise : elle s'attendait à un interrogatoire en règle, une fouille. « Les frères lui auront donné ma photo, *hamdoulilah.* » Elle prend le paquet, remercie le type et descend le petit perron. « À bientôt ! » crie l'homme au survêt lorsqu'elle est déjà loin, sans que Chafia sache s'il y a une mesure d'ironie dans ces mots. Elle se réfugie derrière une palissade de chantier pour déballer son cadeau. Elle arrache fébrilement le double-face avec les dents. Un sourire triomphant s'épanouit sur sa face de sale gosse. Le père Noël a été généreux : entre ses mains brille la crosse nickelée d'un Glock 17, calibre 9 millimètres.

*

Hôtel de Beauvau.

À son retour du Maine-et-Loire, Benevento reçoit les responsables des cultes. Il est question de dialogue interreligieux et de sécuriser les fêtes de fin d'année, surtout Notre-Dame, les deux *hotspots* sont le marché de Noël et Notre-Dame de Paris, insiste Benevento.

La veille un type a été arrêté avec des bonbonnes de gaz et un détonateur dans son coffre, dans le quartier des Halles. Il faisait des tours en bagnole sans parvenir à se décider, les yeux vides, rôdant à basse allure. Un ancien toxico, qui sort tout juste du centre d'addictologie de Lariboisière. Aux policiers qui l'interrogent, il est incapable d'expliquer son geste, il répète c'est le Chaytan sans qu'on puisse savoir ce qu'il entend exactement par là, est-ce le Chaytan qui lui murmure à l'oreille de tuer des gens, ou est-ce que le Chaytan est la cible qu'il voulait détruire par le feu, et dans ce cas qui est-il, le Chaytan est-il une personnalité politique, une foule d'innocents, un édifice religieux ? Il a quarante-deux ans, vingt ans de rue au compteur et près d'un an cumulé de séjours en hôpital psychiatrique, il s'énerve quand on lui demande s'il a des hallucinations auditives, il dit : « *Wallah* t'es pas malade toi ? » Dans la chambre qu'il occupe chez sa vieille mère par intermittence on n'a pas trouvé grand-chose, quelques exemplaires de *Fluide glacial*, des origamis coloriés avec un soin d'enfant, et Benevento peine à cacher sa déception lorsque le directeur de la police judiciaire l'en informe au téléphone.

– Vous allez me dire que ce type n'est pas un terroriste ?

– C'est juste un fêlé, monsieur le ministre. Juste un fêlé.

*

24 décembre.

Ce matin, Patrick et Marion sont allés à la gare de Nevers, sans trop y croire. Ils ont cherché en vain sa silhouette dans le flot des voyageurs. Vingt-quatre heures qu'ils n'ont plus de nouvelles. Vingt-quatre heures qu'elle aurait dû rentrer. Elle avait promis qu'elle serait là le 23, au plus tard. Elle avait promis qu'elle aiderait Marion à faire les courses pour le dîner du réveillon, qu'elles iraient ensemble à Nevers acheter la bûche et les bourriches d'huîtres. Qu'elle resterait à table, même quand ses parents trinqueraient au champagne. Le 24 est arrivé et elle n'est toujours pas là. Marion a craqué et appelé le numéro fixe de la mère de Sophie, qu'elle a fini par se procurer auprès d'un ami parent d'élève. Elle est tombée sur la messagerie vocale d'un toiletteur pour chiens. Le couple a fait la route du retour en silence. Une fois arrivés, Marion a dû s'y reprendre à trois fois pour engager la clé dans la serrure, Patrick n'a rien dit, il s'est contenté de regarder trembler les mains de sa femme, empêtrées dans le trousseau, elle a fini par ouvrir et ils se sont assis, côte à côte, sur le canapé du living. Patrick tire compulsivement sur sa cigarette électronique, comme s'il voulait y puiser la force de prendre une décision. Marion triture une cuillère à café, les traits dévastés.

– Elle est partie là-bas, dit Marion.

– Où ça, là-bas ?

– Tu sais bien, Patrick.

– Je ne sais rien. Je ne connais pas ma fille. Tu ne la connais pas. On ne la connaît pas

– Bordel Patrick, réveille-toi. Elle est partie en Syrie. En S.Y.R.IE.

Silence.

– Il faut appeler la police, dit Marion.

– Calme-toi. Tu t'es fait retourner le cerveau par tes reportages à la con.

– Mais c'est toi qui as de la merde dans les yeux. Notre fille est fichée. Tu te souviens ce que t'avait dit le flic de Dijon ? Ses copines sont fichées, elle est fichée.

– Comme des centaines de personnes. Si ça suffisait à en faire une terroriste, ça se saurait.

– C'est toi qui me dis ça, Patrick ? Toi ?

– On peut évoluer. Y'a que les cons...

– ... qui ne changent pas d'avis, je sais. Mais là on va appeler les flics. Il faut appeler les flics. Je vais appeler les flics.

– Si on appelle les flics c'est sans retour possible. Imagine qu'elle soit réellement en train d'aller là-bas. On l'envoie direct en taule.

– Donc on ne fait rien ? On reste là, comme deux connards, à regarder les infos ?

– On se donne deux jours pour essayer de la retrouver. D'abord tu sais pas si elle est partie là-bas. À son âge, je m'étais barré dix jours sans donner de nouvelles, pour faire chier mon père.
– Arrête de me parler de toi. Arrête de te reluquer le nombril, merde. Elle est partie là-bas. Je le sens. Dans mes tripes.
– Elle n'a peut-être jamais pris son train, en fait. Elle est à Nevers, dans une salle de prière de la Grande Pâture.
– Arrête, Patrick. Qu'est-ce que tu vas faire ? Tu vas mener ta petite enquête ? Tu ne vas rien faire. Tu vas rester sur ton canapé en attendant qu'elle t'appelle.
« Que pensez-vous de la jeunesse française, Miguel Anfroy ? »
Marion et Patrick se retournent. Ils avaient oublié la télé. Ils l'ont laissée allumée comme on garde une veilleuse, un carré de lumière artificielle. Une musique de fond qui sature les silences trop longs, lorsque chacun reste prostré avec sa peur, hanté par les mots qu'il n'ose pas prononcer de peur de leur donner vie. Syrie. Guerre. Passeurs. Terrorisme. Raqqa. État islamique. Bombardements.
« Que pensez-vous de la jeunesse française, Miguel Anfroy ? »
L'académicien Miguel Anfroy apparaît à l'écran. Il est interviewé en duplex depuis son riad, à Marrakech. Détendu, dans son costume de gendelettres : lunettes en demi-lune, chemise blanche échancrée, torse cuivré. Il se raconte qu'il possède une kyrielle de villas à travers le monde, qui lui évite de subir les conséquences climatiques de la rotation de la Terre autour du Soleil : on le trouve toute l'année sous un soleil chaud, à une température oscillant entre 25 et 35 degrés. La seule, explique-t-il, qui lui permette d'écrire ses brûlots. Il mâchonne sa branche de lunette, rumine la question du journaliste puis expectore une charrette de mots :
– Notre jeunesse ? Une génération d'épuisés, comme dirait l'autre. Éreintés mollusques, ensommeillés du bulbe, avachis, exténués chancres et fumistes nuls.

Il parle à petits bonds aigus, s'échauffe, chaque mot en appelant un autre, plus obscur que le précédent.

– Vous avez terminé ?

– Non, mon capitaine. Pas de sang dans leurs veines, de la lymphe coupée avec de la flotte. On se traîne, on se traîne. On vient d'émerger, on espère déjà se recoucher. Ce n'est pas une vie, c'est une sieste.

– Les jeunes ont la vie plus dure que nous ne l'avions au même âge. Hier, j'interviewais un jeune précaire qui cumule trois tiers-temps.

– Mais je ne parle pas de ça ! Il ne s'agit pas de travail et de RTT ! Je parle de fatigue intellectuelle. Regardez-les. Têtards se traînant vers la retraite en pianotant sur leur machin, sans force. Physionomies d'ovin ou de poisson plat, au choix. L'autre jour, j'en ai vu un qui ressemblait à une seiche malade.

– Vous exagérez, Miguel Anfroy.

– Que non ! Pas d'exagération bouffonesque cette fois-ci ! Du sérieux ! De l'empirique ! Les jeunes pioncent mais ne se révoltent plus. Ils n'ont plus envie de voir plus grand, plus beau que leurs buboniques personnes.

– Une auditrice du Loiret (Angie, quarante-sept ans) réagit avec un SMS : « Vous ne pensez pas plutôt qu'on a les jeunes qu'on mérite ? » Que lui répondez-vous ?

– Qu'elle a raison. On leur a laissé un monde sans religion ni ambition collective. Le communisme, le nationalisme, le catholicisme romain, c'était du dur. Les mutins de Cronstadt ! Verdun ! Les mystères chrétiens ! Vous aviez une vraie raison de vous lever le matin si la simple perpétuation de votre être ne vous paraissait pas une aventure suffisamment passionnante. Du transcendant, qui élève, qui hisse l'avorton humain plus haut que lui-même. Héroïsme communiste, héroïsme chrétien. Mystique communiste, mystique chrétienne. « Tout commence en mystique et tout finit en politique », mon cul ! Aujourd'hui tout commence en politique et finit en eau de boudin ! Finie la mystique ! *Finito* !

Marion et Patrick regardent, sonnés, ce type qui pontifie dans son riad, à l'ombre des citronniers. Ses imprécations sont une foire baroque et foutraque, mais Marion et Patrick comprennent confusément que Miguel Anfroy veut leur parler de leur fille. Oui, cette baudruche botoxée leur fait la leçon. Elle leur reproche quelque chose.

– On parle de mystique républicaine, poursuit le journaliste. C'est un peu l'idée de Saint-Maxens avec son musée du Sang versé. Redonner du souffle à la mystique républicaine. Réconcilier la jeunesse avec l'idée de nation. Un patriotisme moderne et ouvert.

– Ouvert et inclusif, oui. Mais je reste sceptique. La mystique républicaine date du temps où la république était en danger, ou encore à venir. Aujourd'hui c'est une vieille dame très respectable, une tante avec de la moustache. On n'est plus républicain dans un élan : on est républicain parce que c'est raisonnable.

– Vous pensez vraiment que les jeunes ont besoin de rêver ?

– Pas tous. La plupart suffoquent dans les mouvements de foule ou les bouffées d'encens ! Ils toussotent, les prématurés vieillards. Ils veulent qu'on leur foute la paix, ils ne demandent qu'à tracer leur route de consommateur-jouisseur, version moderne du chasseur-cueilleur. Mais il y aura toujours, dans une société, des âmes inquiètes.

– Attention à ce que vous allez dire. Sur une autre chaîne, vous avez dit à propos des jeunes djihadistes français : ils ont soif d'absolu.

– J'ai ajouté : et ils l'étanchent dans le sang. Soyez précis, camarade.

– Qu'est-ce que vous dites aux parents dont la fille s'est convertie en deux mois, porte le voile intégral et ne leur adresse plus la parole ? Il y aurait plusieurs centaines de familles dans ce cas, qui vivent dans l'angoisse d'un enrôlement djihadiste. Qu'est-ce que vous dites, concrètement, à ces parents ?

– Je dis juste que les gosses séduits par le djihadisme ne sont pas tous des monstres. Ce sont des nihilistes, si vous voulez. Des néoromantiques, même.

– Vous êtes un *grantécrivain*, vous ne pensez pas que ça vous donne une responsabilité ?

– Absolument pas. Je suis parfaitement irresponsable. Si j'avais voulu être responsable, j'aurais fait ma médecine ou mon droit. Je suis un écrivain, pas un homme politique.

– Vous pensez à quelqu'un en particulier ?

– Cyril Benevento. En voilà un, d'irresponsable dangereux. Il sème la haine de façon très consciente et très préparée. C'est gravissime. Les terroristes nous avaient un peu oubliés, je peux vous assurer qu'à présent ils nous ont de nouveau dans le viseur.

– Benevento vous a traité d'islamo-gauchiste.

– Islamo-situationniste, pour être très précis. Et je l'ai traité de gougnafier, et de sconse puant. Ça m'a valu des poursuites. Mais moi, je ne le poursuivrai pas. Être insulté par ce crypto-fasciste est un honneur.

– Merci d'avoir répondu à nos questions.

– Merci à vous.

Marion a éteint la télé. Patrick se tient la tête entre les mains. Marion a raison, évidemment. Elle est la seule lucide, dans ce pavillon qui sent la mort. Elle fait face, elle prend les évènements à bras-le-corps, comme ils viennent, laids et hostiles. Elle ne refuse pas l'obstacle. Bien sûr que Jenny est partie là-bas. Il en part toutes les semaines, collégiennes lobotomisées en quelques mois, il l'a vu aux infos, dans ces reportages qu'ils regardaient en riant nerveusement, en se persuadant que d'autres parents étaient quand même moins vernis qu'eux, que

Jenny les faisait suer mais ne ferait jamais ce genre de chose, elle. Quel con il faisait. Bien sûr qu'elle est déjà en route, peut-être à quelques kilomètres de la frontière, dans une camionnette rafistolée, fonçant droit vers le chaos.

Il se lève, il a retrouvé sa voix ferme. Sa voix de chef. « Je prends le premier avion pour la Turquie. Je vais aller la chercher, Marion. »

*

Noël approche et papa Marchand peut être fier de sa fille. Aussi adroitement qu'il aligne les assiettes dans le ciel de Nevers, Jenny explose des bouteilles de Coca vides au pistolet, dans une forêt de l'Essonne. Elle est tranquille, elle prend son temps, la saison de chasse bat son plein et personne ne s'étonnera d'entendre canarder dans la forêt domaniale. Il faudrait avoir une ouïe surdéveloppée pour distinguer la détonation du Glock de celle, plus mate, du calibre douze utilisé pour traquer les bécasses. Jenny aime sentir la crosse pleine, encaisser le choc du recul. Éjecter les douilles et renifler l'odeur poivrée. Recharger et tirer, jusqu'à ce que le biceps soit douloureux. Elle met en joue, inspire, expire, bloque sa respiration. Elle se souvient de son père, au stand, expliquant que tout est une question de respiration. Une expiration incontrôlée et le guidon dévissera du cran de mire.

Elle a l'index sur la gâchette lorsque vibre un de ses portables. Elle baisse le canon, écoute les pulsations régulières et reconnaît celles du Samsung, fourré dans la même poche que le Nokia. Elle ne décroche pas. Dans la foulée, un énième texto de son père : « Ma fille, essayé de t'appeler cinquante fois. Ta mère est morte d'inquiétude. Donne des nouvelles. Je t'en supplie. Papa. » Jenny est tentée de lui écrire qu'elle ne reviendra pas mais qu'elle l'aime, même s'il est impossible, même si rien ne va chez lui, même s'il a l'air con avec sa gourmette et son masque antibruit, elle voudrait lui dire cela car il est trop épuisant d'être aussi dure, aussi grimaçante, aussi seule, aussi Chafia. Au lieu de quoi elle chausse ses écouteurs, les branche au Samsung et fait vombrir les *kick & bass* du premier album de BSS, *Le Loup de la street :*

J'suis dosé, j'ai fait le plein de gaz sarin
Mon flow attaque la hess *à coups d'burin*
J'suis saoulé gros on va pas s'mentir
La hess *ou la* hess *j'préfère mourir*

Elle n'a qu'à augmenter le volume pour que la rage la submerge, intacte, totale. Elle efface le texto, range le portable dans sa poche et met en joue la dernière bouteille. Autour d'elle, la forêt calme. L'odeur de bois pourri révèle une vie souterraine, aux mouvements lents et inéluctables. Un geai lâche un cri bref où percent le ressentiment. Et puis le silence, à nouveau. Inspirer, expirer, bloquer. Elle presse la détente - une pression parfaitement maîtrisée, sans à-coup. La bouteille explose. Jenny passe son doigt sur la rainure du canon, soupèse l'arme. Elle est froide, neutre, disponible pour tuer.

Elle s'assoit sur une souche, ferme les yeux et imagine un scénario où Clément partagerait l'affiche avec elle, un *snuff movie* islamo-féministo-rowlinguien. Elle a pris cette habitude depuis quelques mois. La trame est toujours la même. Elle emprunte le gros de ses ficelles aux pires films d'horreur hollywoodiens : elle a drogué Clément qui se réveille, sa gueule d'amour embrouillée, paralysé par l'injection d'un anesthésique que Jenny s'est procuré au cabinet de sa mère. Le décor est tantôt celui, néogothique, de la vaste salle commune des Serpentards (dont

Clément est un membre zélé) tantôt celui, plus sobre, de l'infirmerie d'Henri-Matisse. Jenny attend qu'il soit parfaitement réveillé pour lui expliquer avec douceur les différentes étapes du calvaire à venir. Son imagination ne s'embarrasse pas de les nommer trop précisément, il lui suffit de savoir qu'elles sont insoutenables et surtout, inéluctables. Tout le sel de la chose est là : observer cette petite pute tandis qu'il comprend qu'il a perdu la main. Pour la première fois de sa vie, ses combines de séducteur ne le sauveraient pas. C'est une prise de conscience graduelle ; des années d'impunité et de domination l'ont mal préparé à souffrir. Il minaude un peu, couine, et finit par se chier dessus en écoutant la voix douce et ferme de Jenny, une voix d'aide-soignante, décrire le programme des réjouissances. Jenny ronronne de plaisir, yeux clos et lèvres entrouvertes. Elle lui murmure à l'oreille : « C'est toi qui as fait le choix de mourir comme ça, Clément. L'autre soir, lorsque tu m'as humiliée. » Ce moment du scénario est un de ses préférés, lorsqu'elle parvient à compliquer la peur panique du sentiment vertigineux qu'il s'est condamné lui-même. Il bave, la tête branlante seule au sommet du corps paralysé. Le chef-d'œuvre est encore à venir : se croyant foutu, Clément ne l'est pas complètement puisque Jenny a choisi de l'épargner s'il montre un repentir sincère. Mais ce couillon préfère hurler comme un veau, se révoltant contre la disproportion entre la faute et le châtiment. Il se condamne alors une deuxième fois et elle le lui fait remarquer, ce qui redouble la rage de celui qui est, par deux fois, passé à côté d'une occasion de vivre à cause de son narcissisme borné. Puis il s'évanouit. Elle le réveille à coups de gifles, et commence le travail.

Jenny se sait, au fond, incapable de trancher dans la chair palpitante. Malgré le travail patient de Dounia, interrompu trop tôt, le massacre à l'arme blanche excède son potentiel de violence. En revanche, elle se voit volontiers déambulant dans les couloirs d'Henri-Matisse, son ipod vissé aux oreilles, son Glock à la main, absente, le flow du Bondy System of Sound recouvrant les hurlements de bêtes traquées, Bonnie Parker survitaminée arrosant généreusement les corps qui pirouettent en cinéma muet.

Comme au stand.

*

Il est près de minuit et Jenny écoute les Capverdiens s'agonir d'injures et s'envoyer en l'air, à travers la cloison en papier à cigarettes. Elle s'est allongée sur le dos, à même le lino, au pied de son lit. Elle ne veut pas s'endormir. Elle caresse le Glock comme on caresse un chat. Elle l'apprivoise. Elle comprend mieux son père à présent, l'adrénaline qui lui fouette le sang lorsqu'il empoigne son fusil, au stand. On saisit une arme et les cartes sont rebattues d'un coup, l'amour-propre restauré en une seconde, les événements cessent de vous échapper, votre sujet enfin maîtrisé. Le Glock est son secret, qui la distingue des foules moldues et lui ouvre grand les portes de la maison Gryffondor.

Elle se lève, branche une petite bouilloire électrique. Elle attend que l'eau crépite pour se servir un mug de café soluble. Ne pas sombrer, surtout. Quand elle était petite, son père lui lisait un livre qui racontait l'adoubement des chevaliers : la veille de la cérémonie, les jeunes aspirants passaient une nuit à prier devant l'autel, ceints d'une tunique blanche.

Les Capverdiens se sont enfin tus, il n'y a plus rien d'autre au monde que l'arme et le ronronnement du radiateur, qui diffuse une chaleur bienfaisante. Sa dernière nuit d'étape, son ultime veillée avant le chaos. Jenny pense à une fusée sur sa rampe de lancement - la voix monotone qui égrène les secondes, dans un calme absolu, et puis le gigantesque panache de fumée, la clameur du public. Elle a le Glock, les deux chargeurs. La mort bat le rappel de toutes les volontés. Elle réclame son dû. Elle a été invoquée trop facilement. Assez de macabres rêveries, Kurt Cobain, fatwa sous la couette, rituels, crânes peints et osselets en chromo. Finis les *snuff movies* où l'on meurt pour de faux, les fantasmes hollywoodiens où elle tient trop facilement le beau rôle qu'elle n'a jamais eu dans la vie, pauvres exutoires qui n'ont jamais rien réglé. Assez de Jenny-Marchandesques tergiversations, place à l'action avec Chafia Al-Faransi, le final éblouissant made in califat, le sang qui coule pour de vrai. C'est l'heure des comptes. Des promesses ont été faites. Il faut agir. Elle va agir.

Demain.

Novembre

LE LAC

Les choses sont allées très vite. Dounia a disparu du jour au lendemain, au milieu du mois de novembre. Est-ce une ruse de sa sœur pour la mettre à l'épreuve ? Jenny vient à peine d'achever sa métamorphose, elle veut croire que Dounia ne raterait pour rien au monde son envol gracieux vers les cimes de *Dwala*. Mais les messages de Jenny s'accumulent sur leur fil de discussion, sans réponse. Ses « T où » angoissés et ses émoticônes au front plissé butent contre un silence radio. Le portable de Dounia est sur répondeur. Sur le groupe WhatsApp, les filles n'en savent pas davantage. Nurzhan ajoute, sentencieuse prophétesse : « Fais confiance, ses pas l'ont guidée là où Il - qu'Il soit glorifié et exalté - a besoin d'elle. »

Jenny est convoquée au commissariat central de Dijon, où deux policiers de la sous-direction antiterroriste dépêchés de Paris pour l'occasion l'interrogent sur les projets de Dounia : pas besoin d'être grand clerc pour deviner qu'ils ne savent rien, eux non plus, puisqu'ils en sont réduits à cuisiner ses petites copines en usant de bluffs grossiers, menaçant d'envoyer au trou ces bécassines du djihad armé qui n'ont rien fait d'autre que de se monter le bourrichon sur les banquettes crasseuses d'un fast-food.

Lorsqu'elle sort de garde à vue, à 5 heures du matin, Patrick Marchand l'attend dans le hall, visage fermé à double tour.

– Le flic a dit qu'il y avait d'autres filles en garde à vue avec toi. C'est qui, les autres filles ?

– Des filles.

– Me prends pas pour un con, Jenny.

– Des copines.

– Des copines d'où ?

– Des filles de Nevers.

– Des filles de la Grande Pâture ?

– Qu'est-ce que ça peut te faire ?

– C'est des filles de la Grande Pâture. Je le sais. Ne me prends pas pour un con.

– Pas que.

– Quoi ?

– Elles viennent aussi du centre-ville. Et de toute façon qu'est-ce que ça peut te faire d'où elles viennent ?

– La Grande Pâture. Ma fille traîne à la Grande Pâture. Ce sont elles qui t'ont mis ces conneries dans le crâne ?

Son père ne prononce plus un mot sur le trajet du retour. Ce n'est que le lendemain soir, à son retour du travail, qu'il lui décroche une gifle du plat de la main avant d'aller s'enfermer dans le garage, et passer ses nerfs sur une perceuse qui a attendu la fin de la période de garantie pour cesser de fonctionner.

Jenny est sans nouvelles de Dounia depuis huit jours quand un message apparaît, au milieu de la nuit, sur cet écran qu'elle n'éteint plus. Quelques mots pour lui demander de rappeler un numéro, précédé d'une extension internationale qui ne laisse pas la place au doute : Dounia est partie au *Cham*. Jenny compose fébrilement le numéro. Au bout du fil, une voix d'homme : « Allah t'accorde sa miséricorde. Je suis un ami de Fouad. Nous étions dans la même *katiba*. Dounia avait donné tes coordonnées. Allah – grâce lui soit rendue – lui a accordé le martyr. Les croisés ont bombardé l'immeuble où elle vivait avec son époux, le lendemain de son arrivée. Dounia voulait qu'on t'informe s'il lui arrivait quelque chose. » Le moudjahidine a dit cela dans un souffle las. La mort violente est devenue pour lui une banalité, la façon la plus classique de crever en fait, il a dit cela et il a raccroché. Jenny sent l'angoisse venir doucement, en habituée, reprendre sa place à l'entrée du larynx. Elle essaie de se représenter la disparition physique de Dounia et c'est difficile de le croire, alors que sa présence au *Cham* est elle-même difficile à imaginer. Mariage, départ, martyr, en une semaine, c'est un peu raide pour ceux qui restent, on ne peut pas suivre, on aurait eu besoin de digérer chacune des informations et on vous les livre, brutes, les deux premières déjà caduques, annulées par la troisième. Dounia soufflée par une bombe. Il n'est plus question de lointains Birmans, d'anonymes cadavres. C'est Dounia, drôle et secourable. Sur Internet, *Le Figaro* informe que la France revendique la « neutralisation » de Fouad B., « sniper particulièrement dangereux ». Pas un mot pour elle, évidemment. Neutralisation, c'est bien le terme qu'ils emploient, un mot qui évoque une prise de judo ou un mouchoir d'éther pour ne pas dire la vérité : celle des corps déchiquetés. Salopards de *kouffars*, menteurs pathologiques qui n'osez même pas nommer vos crimes. Et pourtant il faut se réjouir, c'est très sérieux, il faut réellement se réjouir de ce martyr qui permet à Dounia d'intercéder auprès de Dieu pour sa mère apostate et cancéreuse, et d'accéder par la voie express à la « retraite délicieuse » et aux « jardins arrosés par des fleuves ». Chafia lance en son honneur un *takbir* conquérant et Jenny se réjouit en pleurant, elle appelle sur la tête de Dounia des bénédictions insensées, la maudissant de l'avoir laissée seule, la bénissant d'avoir su mourir comme il se doit.

Les jours qui suivent, elle prie Dieu mais Il ne vient pas. Sans le secours de Dounia pour lui prêter Sa voix, il n'y a que le silence où se perdent les *hadiths* mal traduits qu'elle a glanées sur le site Ansar Al-Haqq. La solitude est à nouveau là, et cette sensation qu'elle pourrait clamser en pleine rue dans l'indifférence générale. Elle pourrait chercher du réconfort auprès des sœurs de Nevers, reprendre sa place à la table du fond mais elle sent bien que sans Dounia elle redevient une sœur un peu louche, convertie trop vite pour être honnête. Sur leur groupe WhatsApp, Nurzhan est devenue parano.

Elle répète en boucle qu'elle n'est pour rien dans le départ de sa Dounia, qu'elle a été surprise comme tout le monde, et à la lire il est clair qu'elle s'adresse moins aux sœurs qu'à la juge d'instruction en charge de son dossier, au cas où elle la lirait depuis son bureau, au Palais de justice. Les messages se tarissent, tout ce petit monde a défilé au commissariat et en est sorti avec une méfiance décuplée. Les réunions du *Chicken Spot* se font plus rares et de toute façon Jenny n'y va plus, elle sait que Nurzhan y tient désormais seule le crachoir et qu'elles n'auront pas la même saveur, sans Dounia.

Alors ce sont de grandes marches dans Sucy. Elle marche droit devant elle, comme une détraquée, bousculant les passants dont elle n'entend pas les volées d'injures. Elle pousse jusque dans la campagne avoisinante, des kilomètres avalés d'un pas mécanique, sans suivre d'itinéraire précis. Dans la plaine morte, le plus petit mouvement est un sacrilège. Elle avance comme une funambule, sur la crête des sillons tracés par les tracteurs américains. Elle est revenue au point de départ, dans son lit d'enfant qu'elle poissait de sueur en écoutant tomber le soir. Elle y revient avec une fatigue nouvelle. Elle a la certitude, de plus en plus nette, d'avoir fait le tour de l'existence.

Vient le week-end. Elle se rend au lac des Settons, en covoiturage. Elle s'assoit sur la berge, au-dessus de l'eau calme. La brume est posée sur la surface plus lisse qu'une toile cirée.

Jenny sombre doucement, et toute la terre sombre avec elle, à pic dans le lac et sa matrice huileuse. Il suffirait de se laisser entraîner, son *jilbab* alourdi par l'eau ne lui laisserait aucune chance. Elle écoute l'haleine glacée du lac. Un soleil pâle y dépose ses reflets moirés. Que faut-il faire ? Disparaître dans un plongeon timide, l'eau refermée aussitôt sur une parenthèse vide ? L'idée du suicide avait toujours été tapie quelque part, dans l'angle mort de sa conscience. Plus que jamais, il fallait la considérer sans préjugé. L'envisager franchement même. Lorsqu'elle la considère d'un point de vue concret - une succession de gestes qui conduit à l'arrêt des fonctions cardiaques et respiratoires - elle la trouve terriblement séduisante. Quelle simplicité, remarque Jenny. Quelle lamentable démission, rétorque Chafia, qui ajoute que le seul suicide licite est celui du martyr, du *shahid*. Le lac la veut mais Chafia résiste, elle ne se révolte pas contre la mort mais contre cette mort-là, misérable, cette disparition qui serait une anecdote, aussi insignifiante que le trépas des chevreuils du Morvan qui s'encastrent parfois dans le parechoc d'un Land Rover, à la tombée de la nuit. L'existence nulle et non avenue. Une vie qui serait aussitôt recouverte par la vie, celle qui va, la vie pressée et oublieuse.

Le lac ne l'aura pas. Elle se lève pour marcher, suit le sentier qui serpente le long du plan d'eau. L'idée se précise alors qu'elle allonge ses enjambées robotiques : se foutre en l'air, et par la même occasion accomplir quelque chose de grandiose. Tirer sa révérence et entrer dans la lumière. Elle veut forcer l'indifférence générale, fasciner le monde ou le révulser. Barbouiller le ciel de sa douleur obscène, éclabousser l'horizon de ses jeunes viscères, exhiber son âme si dégueulassement écorchée et mélancoliquement inadéquate, achalander ses salopes souffrances sur un étal de boucherie à faire pâlir un équarisseur, un étal ignoble et somptueux.

Sur le sentier elle croise un joggeur suréquipé, qui fend la brise tiède en foulées métronomiques, montre GPS au poignet. Chafia s'écarte pour le laisser passer, se plaque contre le tronc d'un mélèze à l'odeur miellée.

Frapper seule et de manière spectaculaire, sans complice, et entrer dans l'éternité : ce rôle a été inventé pour elle, perdue dans la foule indifférente, sans autre ressource que sa rage et ses poings serrés. Au départ une simple rêverie, une divagation d'adolescente introvertie qui la prend lorsqu'elle écoute, allongée dans le noir, le *beat* surpuissant du Bondy System of Sound :

Allahmdulillah *j'ai pas trop traîné*
La valeur n'attend pas le nombre des années
Vol AK47 pour Paname
Si j'quitte le ter-ter c'est pour t'rafaler

Après la virée au lac, l'idée entreprend de grossir, comme une tumeur. Être une louve solitaire, à son tour. Elle visionne des reportages sur Mohammed Merah, qui lui chuchote à l'oreille : « Nous aimons la mort comme vous aimez la vie. » À mesure qu'elle se plonge dans l'univers halluciné de ces solitaires, les réunions du *Chicken Spot* lui apparaissent de plus en plus grotesques. Comme le noctambule enfin dégrisé découvre avec stupeur le visage blafard et crapoteux de ses compagnons d'ivresse, elle pose un regard lucide sur la petite bande : des losers sans envergure, pasionarias incapables d'une action déterminante, qui se complaisent dans la marginalité. Leur univers – petits conciliabules féminins, drague sur Internet – est un folklore adolescent. Comment a-t-elle pu être subjuguée par une greluche à bracelets qui se satisfait d'un leadership sur une bande d'ados attardées, et se cramponne à ce fait d'armes dérisoire : deux mois de centre éducatif fermé pour une tentative de départ sur zone ? Tentative est un bien grand mot, d'ailleurs. À force de questions, Chafia a compris que Nurzhan n'avait jamais atteint la Turquie, et qu'elle avait abandonné d'elle-même le projet dont elle s'était vantée sur Internet, pour moucher un barbu fort en gueule. Pauvre Nurzhan. Le visage grêlé et le front bas, renflé au-dessus des yeux trahissent une imbécillité ancienne, sédimentée. Avec son bracelet, elle lui fait l'effet d'une perdrix baguée par une association cynégétique. Des paumées, voilà ce qu'elles sont, à peine plus dangereuses que des autonomistes bretons. Aussi incapable d'ébranler le système, le renforçant même puisque leurs frasques servent de prétexte aux tenants de la France éternelle qui agitent, à peu de frais, la peur de l'islamisation de la société. Au fond d'elle-même, Jenny leur en veut surtout de lui renvoyer à la gueule sa propre image, comme un miroir fidèle. Seule Dounia est épargnée par cet état des lieux implacable : elle est morte en *shahid*, planant à cent coudées au-dessus de cet aréopage de gamines ramenardes.

Les consignes étaient claires, pourtant. Il n'y a pas de sens caché dans les paroles sans équivoque du numéro deux de l'État islamique, l'Égyptien Al-Adnani : « Si vous pouvez tuer un incroyant américain ou européen - en particulier les méchants et sales Français - ou un Australien ou un Canadien ou tout incroyant, ou tout [...] citoyen des pays qui sont entrés dans une coalition contre l'État islamique, alors comptez sur Allah et tuez-le de n'importe quelle manière. » Aucune malice là-dedans, aucune enculerie byzantine. Jenny a encore en tête la phrase d'une prof d'Henri-Matisse : « Tout ce qui se conçoit bien s'énonce clairement et les mots pour le dire arrivent aisément. » Tu parles de clarté, c'est carrément limpide. Tuer quelqu'un, n'importe qui, n'importe comment. Et que fait Al-Adnani, si ce n'est décliner au présent le verset deux fois répété qui séduit par sa densité pragmatique, le verset sans gras ni enluminures où chaque syllabe est frappée du sceau d'une mortelle simplicité : « Tuez-les partout où vous les rencontrerez. »

Frapper au hasard, avec ce que vous avez sous la main. Jenny est prête. Plus encore que les clips de l'État islamique, ses petits courts métrages maison l'ont préparée au rôle de sa vie. Elle le répétait sans le savoir, à la récré, comme on fait des italiennes. Tuer en plein jour, pour la plus grande gloire de Dieu.

Elle va agir seule.

Elle ne suivra pas le plan conçu pour elle par ceux qui lui ont envoyé des mandats, et déniché le Glock. Elle ne veut pas qu'on l'infantilise, qu'on lui fasse les poches jusqu'après la mort. Elle veut que les frères du *Cham* tombent de leur chaise, eux aussi, qu'ils comprennent trop tard que leur jouet leur a échappé, qu'ils sachent que sa rage est un cri singulier. Leur projet n'est pas le sien. Depuis Raqqa, les frères l'exhortent à frapper la France mais la France, Jenny ne l'a jamais vue : elle a vu la Nièvre, et les choses que les Hommes y ont installées. Elle a vu le pôle multimodal de Nevers, son giratoire et son parking en superstructure longitudinale, l'enrobé plus mat sur la chaussée que sur le trottoir, le revêtement en bicouche, avec finition gravillonnée devant l'entrée de la gare, sous un ciel qu'on eût dit fait du même liant bitumineux. Elle a vu, roulée comme un sushi, une bande de gazon synthétique qui prenait le frais à l'orée d'un parking. Elle a vu le chevauchement des pénétrantes et des rocades, ici un hangar de parpaings et un platane étêté, ailleurs les champs de betteraves sucrières, leurs rangées comme autant de lignes de fuite qui butent, à l'horizon, contre une forêt banale. Elle a vu des cubes en crépi, des parallélépipèdes en tôle ondulée criblés d'enseignes à la peinture écaillée.

La France, elle s'en fout.

Elle va attaquer le système.

Le système, les autres, toute cette merde.

Faire sauter la Sainte-Barbe et elle avec, dans un happening sanglant sans retour possible, et son sang de pétroleuse zébrant l'azur sera sa signature et son manifeste, indélébile, celui d'une héroïne de la cause divine dont la légende sera inscrite en lettres sang et or dans un de ces imbitables manuels scolaires qui lui ont labouré le dos, Marignan 1515, Appel du 18 Juin et traité de Westphalie.

Elle va faire parler d'elle.

À Noël.

NOËL ! (SUITE ET FIN)

Le ciel, ce Jour-là, sera semblable à du métal fondu
et les montagnes, à des flocons de laine.
LXX, 8-9

Roulis des escalators, voûte en céramique sale, couinements des essieux du wagon qui entre en station, flots nerveux qui entrent et qui sortent, qui entrent plus qu'ils ne sortent, assauts repoussés, réitérés, néons faiblards, mélopée de mendiant rom qui dit « esciousé la dérange », une flaque.

Dans la rame qui l'emmène à l'Étoile, écrasée contre ses pairs, Jenny est obligée de tendre la tête pour respirer une goulée d'air stagnant. Une jeune femme enceinte lui jette un regard angoissé : depuis quelques mois les foules trop compactes sont des endroits qu'on préfère éviter – surtout quand s'y trouve une femme voilée au regard flottant. Jenny a pourtant opté pour une relative discrétion, laissant le *jilbab* à l'hôtel pour enfiler son *hijab* moutarde. Achetés la veille chez *H&M*, une tunique, une doudoune vert olive et un pantalon amples complètent sa tenue camouflage de musulmane bon teint. Un *jilbab* ou au moins un combo *hijab* et *abaya* noire de jais auraient eu plus de gueule, bien sûr. C'eût été plus gracieux au moment d'officier. Mais il faudra au préalable passer les barrages de flics, se fondre au milieu du public. Un total look salafiste compliquerait la chose. Sans compter qu'un *jilbab* ne manquerait pas de gêner ses mouvements qui devront être fluides et tranchants.

Elle a posé le sac Eastpak à ses pieds et ses coudes chatouillent les côtes de son voisin, un Black entre deux âges dont elle sent le souffle court, comme celui de Clément, contre sa nuque.

Elle pense à lui, cet immonde vibrion infatué, le consternant noceur aux traits raphaéliques. Impossible de respirer dans ce putain de wagon, alors elle descend en apnée, à l'intérieur d'elle-même.

Elle se repasse le film du slow avorté en le pimentant d'une fin où elle triomphe, un monologue décapant signé Chafia Al-Faransi. Sur la piste de danse, Clément se dérobe à son baiser mais, au lieu de boire sa honte en silence, elle sort le Glock de son futal, lui colle entre les côtes et parle très vite, comme on récite un texte qu'on a peur d'oublier :

Alors ma gueule, quoi ma gueule, qu'est-ce qu'elle a ma gueule, elle t'plaît plus c'est pareil, même tarif, celui du double-kick dans ta gueule le deuxième dans tes couilles ouais gros, ouais gros j'suis déter, tu comprends, Dé euh Té euh Er comme DÉTER, déterminé, déter et minée, j'suis une malade, j'm'en baleck de tout, jamais j'me contrôle, tu fais le beau gosse mais t'as trouvé Chafia, Chafia Al-Faransi retiens ce blaze, je regarde des exécutions capitales pendant que tu te tires la nouille devant YouPorn, hein, catégorie femmes voilées c'est ça qui t'excite eh ben t'es servi, regarde ce que j't'ai apporté regarde-le bien, là, comme il brille, le poids surtout, la lourdeur du keu-tru, fabrication autrichienne, neuf cent cinq grammes, une bonne grosse brolique bien pleine alors ouvre la bouche, avale tout, le canon jusqu'à la garde, prends tout, prends tout j'te dis, c'est froid sur la langue mais c'est long en bouche, là, ne claque pas des dents tu vas la rayer, c'est bien, quoi, t'as une question dans les yeux alors pose-la, tu te demandes s'il est chargé mais tu m'as prise pour qui, bien sûr qu'il est chargé, loadé *à bloc jusqu'à la gueule, ouais ma gueule, peut-être un peu trop d'ailleurs, qu'est-ce que t'en penses, hein, faudrait l'alléger un peu, il a exactement cinq grammes de trop, le poids d'une bastos, tu veux une bastos, ma gueule ? Tu veux une putain de bastos dans ta gueule, enculé ? Tu la veux, là, tout de suite, sale fils de pute ?*

Clément s'est raidi, il a fléchi les genoux, glissé sur le sol et il attend ainsi, les yeux clos, comme à la communion, il ne comprend pas ce qu'elle lui siffle, le débit vociférant aussi angoissant que le flingue, elle lui dit tout ça dans l'oreille, comme une confidence, et il ferme les yeux comme un enfant qui refuse un plat, il contracte ses muscles, il va mourir. La sono continue à jouer Stevie Wonder lorsque Jenny sort brusquement le canon de la bouche, qui libère un hoquet étranglé. Elle essuie le Glock gluant contre l'épaule du type à genoux, le pousse à terre d'une bourrade et s'appuie contre le mur, repue, extatique. « Casse-toi. »

La rame entre en station, une voix de femme annonce l'arrêt Charles-de-Gaulle-Étoile, les portes s'ouvrent et Jenny secoue à regret son rêve de vendetta. Dehors, un vent glacé lui fouaille les pommettes. Au pied du drugstore, le marché de Noël vient d'ouvrir. Jenny sait que la terreur ne se mesure pas à proportion du sang versé. Une victime suffira, à condition de savoir la choisir.

*

Les policiers se sont déployés sur les Champs-Élysées, ils patrouillent entre les groupes déjà compacts de touristes qui boulottent leur crêpe ou leur pomme d'amour. Les vacanciers ne leur prêtent pas vraiment attention, ils sont concentrés, il faut emmagasiner le maximum de souvenirs, les chauffeurs de car ont laissé tourner leur moteur pour leur signifier que le rappel sera bientôt battu alors les touristes se dépêchent, bâfrent une gaufre, mitraillent, font des selfies avec les pères Noël de la mairie de Paris. Les militaires de l'opération Sentinelle ont un succès au moins égal, sans doute l'effet jambières et camouflage.

Quelques Anglaises quémandent un *selfie* de groupe, un *grufie*, mais les militaires déclinent avec un sourire gêné, ils sont en service. Une Anglaise insiste, elle porte un cache-oreilles et un pullover « *To Beer or not to Beer* », c'est son enterrement de vie de jeune fille et elle aimerait vraiment tâter les biceps d'un de ces gars bien charpentés, ses copines l'encouragent en gloussant, alors la jeune Anglaise s'énerverait presque, elle crie : « *Come on, it's Christmas !* »

*

Après la halte au cinéma UGC, Chafia descend l'avenue George V, en direction de la Seine. Elle ne sent son bras : une demi-heure qu'elle tient le Glock serré contre ses petits seins de pacotille, comme un talisman. À Alma-Marceau, elle tourne à gauche et remonte le cours Albert Ier, au bord d'une piste cyclable. Sa main agrippe la crosse glacée. Les rares passants ne remarquent pas la démarche étrange de la gamine, bras replié sous son manteau. Ils ne voient rien, tristes automates qui slaloment entre les flaques de boue, il faut dire qu'un vent impitoyable balaie le large trottoir, ça n'incite pas vraiment à lever le nez. Elle n'a qu'à fermer les yeux pour entendre les mots de Dounia, si ferme et douce tandis qu'elle réajustait son *hijab* pour citer un verset du Coran : « Les incrédules sont semblables à un bétail contre lequel on vocifère et qui n'entend qu'un cri et un appel : sourds, muets, aveugles ; ils ne comprennent rien. » Ectoplasmes qui ne savez pas pourquoi vous vivez, je ferai en sorte que vous sachiez au moins pourquoi vous allez mourir.

Il suffirait d'un regard trop appuyé pour qu'elle soit confondue : un éclat damasquiné jaillit chaque fois que s'écartent les pans de sa doudoune. Chafia a envie de jouer un peu. Elle prend une inspiration, sort carrément le Glock et le fait glisser dans sa main gauche. À présent elle tient l'arme le long du corps, aussi naturellement qu'on trimballe un pébroque. Une décharge de liberté lui parcourt l'échine, proche de celle qu'éprouvent les naturistes lorsqu'ils tombent le slip pour la première fois. Le pistolet se balance au bout de sa main, tranquille, dans le matin gelé. Chafia se marre. Elle a l'impression de jouer un mauvais tour. Est-il possible que ce soit si facile ? Face à elle s'avance un couple de rouquins, sans doute des Néerlandais en goguette, deux grandes gigues au look de fachos hygiénistes, polos Fred Perry et slims étudiés. Le cœur de Chafia part au galop : ça y est, c'est la fin, le mec va crier et elle va devoir prendre une décision, sans doute faudra-t-il l'abattre comme un chien devant sa moitié. Elle se concentre, récite : « Quand tu lis le Coran, nous plaçons un voile épais, entre toi et ceux qui ne croient pas à la vie future. » Au moment de se croiser, le nazillon *gluten free* fixe Chafia ostensiblement, il toise le voile abhorré, ils se frôlent, et c'est tout.

Il ne s'est rien passé.

Chafia renfonce l'arme entre les pans de la doudoune. « Tu peux tout, *Allah akhbar* », siffle-t-elle, estomaquée par cette démonstration de force. On peut dire qu'Il n'a pas fait défaut sur ce coup-là. Cette histoire de voile invisible, à la sourate dix-sept, est un truc de malade. Elle a retenu sans effort ce verset qui trouve chez elle un écho singulier : le voile invisible ressemble furieusement à la cape d'invisibilité que Harry Potter enfile dans *La Chambre des secrets*. Chafia n'envisage pas une seule seconde que cette correspondance soit le fruit du hasard et préfère y voir la preuve d'un dialogue mystérieux, une intertextualité défiant l'espace-temps, l'esprit de Poudlard fécondant le livre sacré qui traversait de son souffle épique la saga de J. K. Rowling.

Cet épisode mystique lui donne du courage. Il est près de 13 heures lorsqu'elle déboule place de la Concorde. Au pied de la grande roue, une mouette est paumée dans le décor d'hiver. Les grands drapeaux du pays kouffar claquent devant l'Assemblée nationale. Chafia n'a jamais mis les pieds ici mais l'endroit lui est familier, elle se souvient assez nettement d'une publicité montrant un mannequin lascif devant une fontaine monumentale, celle-là même qui se dresse devant elle, vidée de son eau, morte.

Une douleur aiguë irradie son poignet et siffle la fin de la récréation : l'arme pèse une tonne, il va falloir qu'elle la range si elle veut être en état de s'en servir. Chafia zigzague au milieu des coups de klaxon et traverse la place balayée par le vent. L'ivresse est retombée mais la rage demeure, intacte. Elle se réfugie derrière un *food-truck* qui campe à l'entrée des Tuileries. Derrière la roulotte, à l'abri des regards, elle fourre le Glock dans le sac à dos. Seule une mouette esseulée a observé son petit manège. Chafia la regarde un instant fouiller des cornets de churros abandonnés dans la neige sale. Elle se dit qu'elle n'est rien d'autre que ça, un oiseau de mer oublié par l'été.

*

Plus tard, après les événements, les journalistes parleront de sa radicalisation. Ils n'auront même que ce mot à la bouche, pillant sans vergogne l'enquête de police pour en détailler les étapes successives, la rencontre avec Dounia, les discussions du *Chicken Spot*, le voile, autant de sous-titres en lettres capitales qui scanderont le sinistre feuilleton. Les gosses d'Henri-Matisse seront mis à contribution, clients toujours enthousiastes à l'idée d'un passage au 20-heures, qui distilleront sans se faire prier leurs anecdotes fabriquées pour l'occasion sur cette camarade dont ils ne savent rien, au fond, les uns surjouant la stupéfaction, des trémolos dans la voix, les autres inspirés, mystérieux,

Nostradamus de préau affirmant qu'ils avaient senti que ça finirait mal et que la silhouette ténébreuse qu'ils avaient bannie de leurs jeux avait scellé son destin depuis longtemps, il y a un an peut-être, lorsqu'elle avait commencé à parler toute seule, ou bien lorsqu'un pion l'avait retrouvée cachée sous le bureau d'un professeur, en position fœtale, pour échapper à la récréation.

Le proviseur à bouc ne se fera pas prier non plus, incapable de résister à l'attraction de ces micros tendus qui recueilleront ses déclarations comme si elles étaient celles du pape lui-même. « Nous l'avions déjà perdue lorsqu'elle s'est radicalisée », dira-t-il. Il reprendra ce mot à son compte, radicalisation, qui présente l'avantage de sonner comme quelque chose de monstrueux et d'inéluctable, une sécrétion *sui generis* à laquelle éducateurs et parents n'avaient pu qu'assister impuissants, coupant habilement l'herbe sous le pied de ceux qui songeraient à lui reprocher son inertie.

Radicalisation. Les journalistes répéteront ce mot à l'envi, ravis d'avoir trouvé un concept-talisman que ses six syllabes paraient d'une vague aura scientifique, sans se rendre compte qu'ils commettent ainsi une erreur manifeste d'appréciation. La « radicalisation » de Jenny aurait supposé une phase transitoire de croyance apaisée qu'elle n'avait jamais traversée. Elle s'était convertie, voilà tout. Sans connaissance préalable de la religion, elle n'avait eu qu'une conscience diffuse d'en rejoindre une section dissidente. Bien sûr, elle avait écouté Dounia lui expliquer les subtilités de l'apostasie et du chiisme, elle avait écouté ses harangues contre ces millions de musulmans qui trahissaient leur foi en s'accommodant de la modernité, mais tout cela était un peu chinois pour une néophyte.

Seul Miguel Anfroy se hasardera à rappeler cette évidence, sur le plateau de Laurent Ruquier, en réajustant ses lunettes en demi-lune comme si elles permettaient de régler son acuité intellectuelle. Cette sortie sera saluée par son vieux rival, le polémiste barrésien Bernard Pécuchin, qui se réjouira que les « élucubrations d'Anfroy l'aient conduit aussi près de la vérité » avant d'ajouter, vachard : « Il arrive, après tout, que l'aveugle pose sa canne au bon endroit. » Le même Bernard Pécuchin hurlera au scandale lorsque Miguel Anfroy livrera, dans une revue allemande, l'analyse suivante : « Jenny Marchand ne voyait pas de hiatus entre le loup solitaire, personnage inventé par les protofascistes, et la défense du califat. Pour elle, tout ce monde appartenait à la même famille, la Sainte Famille des ultras. À la limite, on pourrait imaginer une fraternité d'armes entre un moudjahidine daechien et un millénariste chrétien. Ils se révoltent tous deux contre une société sans transcendance, une société de l'argent. »

De façon générale, Miguel Anfroy racontait pas mal de conneries. Dans son obsession d'épater le bourgeois, il prenait des raccourcis impossibles. C'était même son cœur de métier : établir des filiations ou des cousinades étranges par-delà les siècles et les kilomètres. Il avait le chic pour détecter dans les rites mortuaires amérindiens les prémices du vivre-ensemble à la danoise. Ses raisonnements étaient ineptes mais spectaculaires, et ils avaient suffi à lui assurer le statut envié d'intellectuel médiatique. Pécuchin dégainera le jour même, dans *Le Figaro Magazine* : « L'internationale de la pensée radicale est la nouvelle trouvaille d'Anfroy, qui confond philosophie politique et concours Lépine. Elle n'existe que dans son cerveau farci de formules à l'emporte-pièce, qu'il conçoit a priori, laissant aux besogneux le soin d'observer le monde réel. » Las. La thèse d'Anfroy fera florès dans les milieux antiracistes, qui y verront un moyen commode d'évacuer un débat embarrassant sur la deuxième religion de France. De son côté, Pécuchin imputera à l'islam l'entière responsabilité de la tragédie dans un de ces brûlots qu'il sait concocter dans l'urgence, au milieu du combat :

Le Verset assassin. Dans la violente controverse qui s'ensuivra, il recevra un soutien de poids, celui du président de la République Cyril Benevento qui lui décernera la Légion d'honneur, au plus fort de la polémique.

*

Chafia est aux Tuileries.

Elle a avisé une petite fête foraine, avec un manège, une patinoire et un chamboule-tout. Des picotements à l'estomac lui rappellent qu'elle n'a rien avalé depuis le matin. Un stand de bouffe lui tend les bras. Elle en repart lestée d'une crêpe au chèvre et d'une barbe à papa.

Les lieux sont déserts à l'exception d'une poignée d'enfants qui s'égaillent entre les attractions, sous la surveillance de deux nounous obèses. Impuissantes et transies de froid, elles soufflent comme des forges et menacent mollement d'un départ par la force les enfants bien décidés à s'incruster sur les lieux. Jenny observe les deux mammouths. Leur autorité est sapée par un constat simple : il leur est physiquement impossible de mettre leurs menaces à exécution. Les gosses hurlent, ravis des effets stridents de leur propre voix, leur petite bedaine remplie de sucre industriel. Jenny n'a guère que six ou sept ans de plus qu'eux mais ils lui semblent appartenir à une autre espèce. A-t-elle été un de ces petits êtres occupés à pourchasser leur ombre jusqu'à ce que la fatigue les terrasse, d'un coup, et qu'ils s'endorment comme une ventrée de chiots entre les bras de leur nounou callipyge ? Elle n'a pas le souvenir de tels moments d'abandon.

L'heure tourne, aussi sûrement que la grande roue sur son axe. Il est 14 heures 10. Jenny cligne des yeux. La neige tombe, quelques flocons épars, en éclaireurs. Les deux nounous accueillent stoïquement cette manne ouateuse qui redouble l'excitation des gosses. Cela fait peut-être une dizaine de minutes que Jenny est plantée là, étourdie par le spectacle de cette sarabande hystérique. L'échéance se rapproche inéluctablement. Trop rapidement ou peut-être trop lentement, elle ne sait plus. Jenny la poltronne procrastinatrice ne serait pas contre un report *sine die* de l'apocalypse, Chafia voudrait en finir sans attendre. Les gamins redoublent de cris et les voix graves des nounous accompagnent leurs jappements stridents, dans une abominable cacophonie. Chafia déteste ça, lorsqu'elle ne peut pas faire disparaître le monde derrière ses paupières closes.

– On rentre !

– Vas-y, viens !

– Je vais pas le dire dix fois !

– J'suis Spiderman ! J'suis Spiderman !

– J'suis là !

– J'suis Spiderman !

Une heure de silence, c'est tout ce qu'elle demande, une heure de tranquillité. Elle sue abondamment, moins sous l'effet de la doudoune en polyamide que celui d'un vertige fugace. Elle vacille et avec elle les allées plantées d'ormes, les statues. Le soleil blanc tremble un peu. Peut-être faudrait-il prendre en otage cette bande de gosses avec leurs garde-chiourmes, se retrancher dans le cabanon du stand de tir et les retenir là, le Glock 17 sur la tempe des deux nounous, les gosses enfin muets, leurs petits corps serrés contre le sien, lui communiquant un peu de leur tiédeur bienfaisante. Elle abattrait une des nounous avant de relâcher les petits poussins, une fois calmés. L'Assemblée nationale n'est pas loin non plus. Ce serait plus simple d'en finir maintenant. Ou peut-être préférerait-elle que tout cela soit un mauvais rêve et que le sac soit vide, qu'il n'y ait rien d'autre que quelques fringues en boule. L'arme pèse de tout son poids, elle sent sa colonne d'acier contre la sienne, lourde comme une vie de malheur. Est-il si nécessaire de mourir ? Elle avait demandé à Dounia ce qu'il y avait dans ce « jardin » où dorment les valeureux. L'autre avait botté en touche. Chafia se plaisait à imaginer un décor gris de Bourgogne automnale, une sieste interminable. Non pas l'Éden sous un soleil tapageur, les « jujubiers sans épines » et les « fleuves de miel purifié », mais un endroit qui pourrait ressembler aux rives du lac des Settons, dans le Morvan. Dounia lui rendrait une visite, de loin en loin. Elles se tiendraient la main en écoutant l'eau sourdre. Cette vision lui donne un peu de courage, elle essaie de la retenir, fixant un ponton de bois et la surface lisse du lac. Allons-y pour le lac des Settons. Elle quitte les Tuileries, emprunte l'escalier de pierre qui rejoint la rue de Rivoli. La barbe à papa est longue en bouche : les cristaux sucrés se sont incrustés dans son appareil dentaire et rehaussent sa salive d'une note caramélisée. Deux heures, c'est le maigre butin qu'il reste au fond de la clepsydre. Deux heures qui fileront comme un songe rapide. Le *hijab* la gratte et un goût aigre vient compléter celui du caramel bon marché mais elle ne vomira pas, pas cette fois-ci, merde, ce n'est quand même pas si compliqué de rester digne. Elle se dit que les frères sont plus chanceux, là-bas. La dernière fois que son contact l'avait appelée, elle avait cru déceler le vrombissement d'un pick-up dans le combiné. Il avait précisé qu'ils partaient en opération, qu'ils seraient injoignables pendant quelques heures, que *ça tapait de tous les côtés*. Ils étaient là-bas et elle était ici, dans la ville vaste et corrompue, à Babylone. Sur un panneau lumineux, le comique Michel Leeb annonce un seul-en-scène où il dira ses quatre vérités. Est-il possible que ces choses-là - le pick-up, le départ en opération, Michel Leeb - coexistent dans le temps ? Sous le même ciel ? Mieux, qu'elles puissent entrer en contact ?

Qu'une zone de frottement existe entre le quotidien sans issue et l'univers mythique de *Dwala* ? Elle jouit de savoir que seule dans cette rue, elle communique avec les deux mondes. Mais ce secret l'isole terriblement. Si au moins Dounia était là...

Et puis non, arrête, Jenny, cesse de lui en vouloir, elle t'a aidée à devenir pleinement toi-même, elle a fait son devoir, à toi de faire le tien, elle n'est pas ton amie mais ta sœur, ta sœur en islam, unie à toi par une relation abstraite et pure, infiniment supérieure aux simagrées de l'amitié et à ses serments impies. Elle a fait le job, loyalement, et si tu discutes son choix tu discutes Dieu lui-même, Seigneur de l'Univers, Maître du jour de la rétribution dont Dounia n'était que l'interprète servile alors reprends-toi, bordel, cesse de gamberger, fais les choses.

Alors qu'elle longe le Louvre, trois cars de CRS passent en trombe, direction l'Est parisien. Chafia sait qu'elle n'a qu'à les suivre pour trouver ce qu'elle cherche.

*

Place de la République, la statue de Marianne promène un œil aveugle sur les ultimes préparatifs de l'inauguration. Les techniciens du ministère de la Culture installent le pupitre présidentiel et déploient sur la façade de la caserne Vérines deux larges banderoles qui célèbrent le nouveau temple du culte républicain. Ils sont aussi affairés qu'ils se sentent peu concernés par l'enjeu, leurs gestes ne racontant rien d'autre que la routine et son antidote, le professionnalisme. Dans deux heures, le président de la République coupera le ruban tricolore. Des pigeons squattent des places de choix, sur les branches des platanes dépouillés. Sur le toit de la caserne Vérines, les tireurs d'élite de la gendarmerie nationale se réchauffent en tapant des mains.

*

Chafia marche le long du Louvre.

Elle se sent mieux : pas de crise de panique, pas de sueurs froides. Au lieu de cela, une grande paix. Sa décision est tellement énorme, aberrante, monstrueuse, qu'elle s'est en quelque sorte détachée d'elle. Son corps obéit gentiment. Au fond, c'est presque confortable de ne plus sentir la tension permanente du libre arbitre qui transforme chaque action en un accouchement dans la douleur.

Elle calcule qu'elle peut s'accorder une dernière pause. Elle redoute d'arriver trop tôt et de débouler sur une place vide, et elle n'a pas envie de lanterner deux heures dans l'air gelé. Rue du Pont-Neuf, elle entre dans une brasserie d'angle. Elle commande un chocolat viennois et jette un billet de cent euros sur le comptoir, avec une plaisanterie hostile : « Vous auriez pas du caviar, aussi ? » Mais est-ce vraiment une plaisanterie, non, peut-être qu'elle voudrait vraiment du caviar, elle est prête à se laisser convaincre de vivre, si tant est qu'on fasse quelques frais, qu'on la séduise. Le serveur ne relève pas. Au-dessus du bar, un écran plasma diffuse un match de Liga entre deux bleds espagnols inconnus au bataillon, le son à peine audible. Le serveur triture la télécommande, zappe, et le ministre de l'Intérieur apparaît, dans la cour de l'Élysée, détendu, plaisantant avec les journalistes. Dans une heure, dans deux heures, Chafia va débouler sur ce même écran, à son tour démultipliée, elle aussi omnisciente, invitée surprise qui installera son ego boursouflé et meurtri sous les feux de la rampe, éclipsant un tremblement de terre en Asie du Sud-Est et un mariage princier.

Dans une heure, dans deux heures, la boutique Marchand s'écroulera sous les coups de boutoir des hommes de la BRI. Chafia voit déjà la scène, Marion Marchand sursautant au milieu de sa page, Marion Marchand rêveuse et alanguie à mesure que Ken Follett dévoile l'anatomie de Jean sans Terre ou du duc de Bourgogne, et soudain les coups répétés du bélier administratif, sourds, la trouvant debout, prise au piège, le livre tombé à ses pieds, tâtonnant peut-être à la recherche d'un couteau de cuisine, paniquée mais lucide, prête à faire face à un *home-jacking* et soudain les mots rassurants et catastrophiques, « Police, c'est la police », les sept plaies d'Égypte d'un seul coup sur sa pauvre tête branlante, et immédiatement après le fracas de la porte qui cède, les policiers bardés de trucs, carapacés de machins électroniques, silhouettes noires et massives, pas les gendarmes de Nevers tout en rondeur et en incompétence, mais les ninjas cagoulés de la télé. Le deuxième acte pas moins pathétique : Patrick Marchand, alerté par un texto de sa femme, déboulant en sueur pour découvrir la porte éventrée, les enquêteurs allant et venant comme s'ils avaient toujours été là, nouveaux maîtres des lieux, les types de la police scientifique qui piétinent le gazon, la maison ouverte aux quatre vents. Patrick Marchand dépossédé, castré, humilié, dont le premier mouvement est la honte, du moins c'est ce que s'imagine Chafia pour s'aider à le haïr, la honte, non la crainte de ce que va lui annoncer l'officier de la police judiciaire, l'atroce pressentiment susurré par l'amour paternel mais la honte de l'homme civilisé, du ci-devant Marchand, citoyen peureux mais sans reproche qui entend déjà les rumeurs infamantes, les conversations qui s'éteignent sur son passage, les ricanements qui signent la fin de tout, le début de l'exil et la marque des bannis au front. Patrick Marchand explosant en cris de protestation aigus, la voix pleine de sanglots d'enfant, agrippant le bras de l'officier de police judiciaire, se départant pour la première fois de sa vie de son flegme proverbial, cette indifférence robuste au cours des événements qui avaient séduit sa femme il y a vingt ans, lors d'une soirée de célibataire, Patrick Marchand vacillant et mordant la poussière, terrassé par le destin qui le frappe injustement, sans considération pour ses états de service. Chafia veut imaginer son père veule et mesquin, minuscule, elle a besoin de se raconter cette histoire-là, du petit père que la perte de sa fille unique recroquevillera encore davantage, le petit bonhomme de père qui chérira comme un trésor le sentiment de l'injustice, une injustice conçue comme une erreur de calcul, le scandale d'un revenu sans rapport avec les frais engagés, qui imprimera sur ses lèvres exsangues une question lancinante : « Mais qu'est-ce que j'ai fait pour mériter ça ? » Chafia veut y croire pour avancer, elle a besoin de noircir le tableau pour continuer à marcher hardiment vers le chaos, sans remords. Son père, qu'est-ce que ça veut dire ? Qu'est-ce qu'il a fait pour elle, lui ? Qu'est-ce qu'il a fait d'autre que lui tapoter la joue, de loin en loin, si elle venait traîner dans ses pattes ? Surtout ne pas écouter Jenny et ses scrupules de poupée aimante et docile, ses résidus de tendresse sucrée, Jenny qui imagine son papa recueilli au bord de sa petite tombe sans inscription, la face délabrée par les nuits sans sommeil. Patrick Marchand fou de douleur, qui a refusé le deuil honteux qu'exigeait de lui la société parce que dans son esprit fracassé c'eût été trahir une seconde fois sa fille. Patrick soutien sans faille, Patrick qui a perdu son boulot et se consacre à la réhabilitation de Jenny, sa douleur de père si aiguë qu'il en perd le sens commun et se marginalise, de plus en plus dépenaillé, hirsute et prophétique, manifestant coude à coude avec les quelques Illuminatis qui vouent un culte à sa dingue de fille, élucubrant mégaphone à la main, dans le genre de rassemblement où les flics des RG sont plus nombreux que les participants. Patrick Marchand qui est devenu maigre, fiévreux, emporté, qui ressemble de plus en plus à sa fille en fait, son sourire inquiétant se tordant en grimace tandis qu'il pousse une harangue, devant un cordon de CRS goguenards, contre ceux qu'il appelle les assassins de Jenny. Patrick Marchand qui ne parle plus que de faire condamner l'État pour assassinat et non-assistance à personne en danger, accusant les autorités d'avoir laissé faire et bientôt prenant moins de pincettes, criant au complot, Patrick Marchand devenu un clochard intransigeant et fou, hantant les locaux associatifs, mal rasé, le coffre de son utilitaire rempli de chemises bourrées à craquer d'où s'échappent des documents obscurs, collages abscons, lettres de menaces et coupures de presse où sont surlignés les mots « collusion », « omerta », « bidouillage » et « agenda caché ». Patrick Marchand en guerre contre tout le monde, s'entêtant malgré les fins de non-recevoir des avocats qui refusent de le suivre dans des croisades judiciaires perdues d'avance, malgré ses centaines de lettres restées sans réponse, Patrick Marchand qui entame une grève de la faim devant le ministère de la Justice, Patrick Marchand qui passe une nuit au poste, Patrick Marchand qui n'est plus qu'une plaie béante, obscène, sublime, celle de l'amour qui ne s'est pas exprimé à temps.

Jenny est prise de remords. Trop fugace cependant pour arrêter les pas de Chafia qui marche, tranquille, vers son destin. Des années à débrouiller l'écheveau de ses lignes de vie pour trouver la sienne, elle ne va pas la lâcher maintenant. Il n'y a qu'à se laisser glisser, c'est assez agréable. Jenny la regarde faire, au fond ravie d'avoir trouvé son double véritable et de le voir accomplir à sa place les gestes définitifs.

Elle paie, sort de la brasserie.

De nouveau le froid glacial, comme un ami qui vous attend à la porte. Dans sa poche, l'argent des salafs n'a toujours pas trouvé preneur. Le temps file, il faut qu'elle en fasse quelque chose rapidement ou alors qu'elle laisse la liasse dériver dans le caniveau, ultime bras d'honneur à la société. L'écraser dans la main du premier clodo venu ? Elle n'a vraiment pas envie de faire d'heureux, pas aujourd'hui.

Au Châtelet, une boutique Adidas achalande de monstrueux sabots, d'énormes baskets fluorescentes pour rappeurs millionnaires. Les siennes partent en lambeaux : la virgule du Nike gondole lamentablement et les semelles gonflées de flotte font de chaque foulée un supplice. Elle ressort du magasin cinq minutes plus tard, allégée de deux cent cinquante euros, les pieds douillettement installés dans deux rutilants paquebots.

Elle traverse le boulevard de Sébastopol, direction le Marais. Un car de retraités ariégeois s'arrête à sa hauteur, plus imposant qu'un bus à impériale londonien. Derrière les deux étages de vitres fumées, une dizaine de paire d'yeux la toise avec la même hostilité que le Néerlandais des Champs. Cela fait deux mois que Chafia porte son *hijab* et elle ne se lasse pas de ces regards outrés qui lui rappellent délicieusement qu'elle n'est pas de leur monde.

*

Les arcades de la rue de Rivoli défilent en kaléidoscope. Bientôt les pavés inégaux cèdent au bitume et la conduite devient silencieuse : une longue glissade sur l'enrobé. Le cortège présidentiel file, animal silencieux et souple, dans les rues vidées de leur circulation. Sur son passage, les passants s'arrêtent, scrutent les vitres teintées en espérant distinguer un visage. Le Louvre étire sa façade noircie jusqu'à la silhouette de Jeanne d'Arc. Dressée sur sa selle, elle regarde la Seine sans se décider à la traverser.

Le chauffeur jette un œil dans le rétro, un rapide coup d'œil au patron. Moustache en crocs de boucher, lunettes carrées, bourrelets en étages taillés dans un cou taurin. Douze ans de service, et guère plus d'une centaine de phrases échangées entre les deux : une entente silencieuse, dans l'habitacle. Leur couple a connu des Safrane, des SUV Citroën hybrides un peu massifs. Depuis deux ans, il a trouvé ses marques dans une Peugeot 607 Paladine.

Le chauffeur connaît Saint-Maxens mieux que beaucoup d'autres, il a écouté ses silences. Cet après-midi, il a écouté le vieux corps marquer une pause avant de se laisser lourdement tomber sur la banquette, alors il allume le lecteur CD et le Bondy System of Sound emplit l'habitacle, puissant, nerveux :

Allahmdulillah *j'ai pas trop traîné*
La valeur n'attend pas le nombre des années
Vol AK47 pour Paname
Si j'quitte le ter-ter c'est pour t'rafaler

Benevento j'le baise et j'le surbaise
De sa Corrèze jusqu'à mon Zambèze
Si j'quitte le ter-ter c'est pour t'rafaler

Nouveau coup d'œil dans le rétro, pour voir si ça prend, d'habitude ça fait marrer le patron, parfois même il chante à tue-tête, comme un gosse, battant la mesure du plat de la main sur l'accoudoir central, l'air voyou, mais aujourd'hui il n'est pas d'humeur. Sur ses yeux d'infirme tombe un voile mélancolique - le chauffeur connait les rumeurs qui circulent sur le patron, les mots scientifiques pour expliquer le brimbalement de l'âme qui le laisse prostré le soir et le cueille surexcité au réveil, prêt à en découdre. Un aide de camp avait parlé d'état dépressif.

Au Châtelet, une déviation contraint le cortège à s'enfoncer dans les ruelles du Marais. Les six berlines serpentent péniblement à l'ombre des façades XVIIe. Les motards de l'escorte font hurler leurs sirènes, trois petits coups brefs. Le président entrouvre la vitre, pour que s'engouffre un peu de l'air de Paris et ses odeurs de graillon. Assis à l'autre extrémité de la banquette, Karawicz grimace. Il desserre un peu son col pour dégager son goitre. Saint-Maxens le regarde, soudain soucieux de se prononcer définitivement sur ce visage blême. Il aurait voulu s'appuyer sur quelques certitudes pour traverser cette journée, mais le visage du conseiller se dérobe : il n'est même pas certain que Karawicz soit vraiment laid, chaque trait participant d'une harmonie un peu bancroche.

– Qu'est-ce que vous avez à suer, Karawicz ? Vous imaginez peut-être qu'un désaxé va se ruer vers le véhicule et me poignarder. Vous êtes pire qu'une mère juive, mon vieux.

– Henri IV a été tué à quelques mètres d'ici, monsieur le président. Rue de la Ferronnerie.

Comme toujours avec Karawicz, la réponse est précise et documentée. Le président connaît l'épisode : Ravaillac, profitant que l'encombrement d'une ruelle avait stoppé l'avancée du cortège royal pour approcher sa proie ; Ravaillac posant le pied sur l'essieu du carrosse et se hissant d'un coup de rein, d'un seul, à la hauteur du roi. Ravaillac le fou furieux, Ravaillac le mystique lardant Henri IV de trois coups de couteau, dont l'un sectionne l'aorte.

– Franchement, ça aurait de la gueule, taquine le président. Et j'ai toujours rêvé de mourir dans vos bras.

Karawicz soupire : on ne peut pas discuter avec un vieux qui cabotine. Le long des boutiques de mode s'étiolent des grappes de jeunes lycéennes. Elles s'ébrouent, se donnent des bourrades. Le président voudrait avoir dix-huit ans et rendez-vous avec l'une d'elles, dans un café de la place des Vosges. Le cortège file, à tout berzingue. Saint-Maxens essaie de voler quelques images fugaces de la vie réelle, tenue à l'écart de lui, et il n'y a guère que les déplacements en voiture pour la surprendre sans que sa présence ne gâche tout, sans que la grâce naturelle du quidam soit dénaturée par son intrusion tonitruante. Au pied de l'édicule torsadé d'une station de métro une jeune fille voilée est assise sur un banc, un sac Eastpak à ses pieds, elle doit avoir 15 ou 16 ans – l'âge que devait avoir cette fille, Dounia Bousaïd, qu'il a fait disparaître. Le cortège l'a déjà dépassée mais Saint-Maxens a eu le temps de voir un visage pointu et des yeux d'animal blessé ; sans doute une demandeuse d'asile prise entre les feux croisés de sa famille et d'un mari violent, elle sera venue chercher fortune ici pour finir par errer, sans but, dans une capitale qui n'a pas tenu ses promesses.

La tête de cortège est déjà engagée rue des Francs-Bourgeois lorsque les six véhicules pilent de concert, et le crissement des vingt-quatre pneus est une seule plainte lugubre.

*

C'est en poireautant sur le quai d'une station de RER, au troisième jour de sa fugue, que Chafia avait eu la révélation de l'identité de sa victime. Révélation n'est pas un terme trop fort pour dire le foudroiement épiphanique qui l'avait transpercée sans prévenir et laissée hébétée, extatique, au milieu du flot des voyageurs qui la contournaient en pestant.

Bien sûr, c'est lui qu'elle doit tuer, et elle avait pouffé de son audace.

Elle l'avait déjà croisé.

Au commissariat central de Dijon, tandis qu'elle attendait l'officier de police judiciaire qui l'avait convoquée pour l'interroger sur Dounia. Elle avait vu la photo encadrée, au-dessus de la guérite du standard. Il y avait une affiche grand format invitant les propriétaires d'animaux dangereux à les déclarer en préfecture, une autre dispensant six conseils pour éviter un cambriolage, et il y avait aussi la photo encadrée.

Un portrait.

Le beau vieillard marmoréen, hiératique, penché sur le bureau en bois d'amarante, ciel azuré au mitan, derrière le rempart de la table d'appui où s'entasse un capharnaüm de livres rares, magazines d'enchères et statuettes africaines, levant les yeux vers l'objectif comme s'il avait été surpris au milieu de quelque formidable intuition. La solennité du portrait tranchait avec la réalité peu reluisante du commissariat sans apprêt, espèce de gare de triage où ne faisaient jamais que passer les gardiens de la paix avec leur prise du jour, et c'est d'abord ce qui avait frappé Chafia, l'effet de contraste un peu gaguesque, la vitrine rutilante de la République française accrochée aux murs cloqués du commissariat central qui en racontaient les arrière-cuisines vétustes et le quotidien indigent.

Le vieillard considérable, cireux, yeux mi-clos de sphinx.

Un mois plus tard, cette photo est remontée d'un coup à la surface.

Ce sera lui.

Antoine Saint-Maxens.

Les mots de Dounia lui sont revenus du même coup – des mots choisis, réservés au président qui avait le droit à une double dose d'acide, un traitement spécial de la Lionçonne du califat. À son sujet, elle était intarissable : Saint-Maxens le *taghout*, Saint-Maxens le porc enjuivé, Saint-Maxens l'hypocrite et le Satan qu'il faut écraser comme une blatte parce que ça porte chance mais surtout parce qu'il est le pire d'entre eux, le plus retors et le plus duplice, celui qui avance masqué derrière ses mots arrangeants et lénifiants, la bouche pleine de miel et le poignard dans la manche, descendant de son Olympe de loin en loin pour balancer une claque amicale dans le dos du recteur de la mosquée de Paris, tardif pourfendeur du racisme qu'il avait laissé prospérer depuis un demi-siècle qu'il est plus ou moins aux commandes, ou en tout cas dans le paysage, affichant le visage doux d'un agneau pacifiste quand il a le premier fait pleuvoir les bombes sur le jeune califat.

« À la limite, je préfère Benevento », avait provoqué Dounia, au *Chicken spot*, un jour qu'elle et Nurzhan tentaient de s'accorder sur une liste des dix premières personnes à exécuter, lorsque le drapeau du califat flotterait sur les toits de Paris. « Benevento avance à visage découvert. Saint-Maxens est un rat, il travaille en coulisses. Et puis Benevento, c'est bon pour nous. Avec lui, ce sera la guerre civile. »

Saint-Maxens, Dounia le haïssait avec ferveur. Et Chafia vénérait Dounia.

Saint-Maxens, bien sûr.

Qui d'autre que Saint-Maxens ?

Jenny rumine cette idée fabuleuse. Elle la retourne et l'incline en tous sens, en admirant chaque facette, chaque séduction. Elle y contemple son propre reflet, transfiguré, enveloppé dans une nimbe glorieuse. Elle voit un commerce occulte de *goodies* à son effigie - T-shirt, pin's, mugs -, et aussi une communauté d'admirateurs qui allumeraient des lampions, le soir anniversaire de son attentat-suicide. Oui, elle imagine des gens très jeunes qui lui voueraient un culte malsain et exclusif, déambulant dans les rues de Sucy jusqu'à trouver le pavillon familial devant lequel ils respecteraient une heure de silence, les yeux baignés de larmes. Elle imagine des garçons et des filles piqués de piercing, regards rougis et cheveux de jais, les filles arborant les traits délicats de Sophie et les garçons ceux de Kurt Cobain. Ils l'admireraient beaucoup. Ils se graveraient ses initiales entre les omoplates, ou simplement « Jenny », et tiendraient des petites veillées au cours desquelles ils écouteraient crépiter un bûcher en psalmodiant son nom, du bout des lèvres, se penchant d'avant en arrière, leurs mains unies dans un cercle d'amour. Jenny serait leur étoile, leur guide spirituel. Elle a l'intuition qu'en tuant Saint-Maxens elle ne disparaîtra pas de la mémoire collective comme les interchangeables terroristes au visage unique (mâle, idiot, fiévreux). Elle s'y installera à une place à part. Dans la mémoire, dans le cœur des gens. Oui, elle occupera une place à part dans le cœur des gens.

Elle reprend sa marche, le long du quai, très lentement, pour accompagner sa pensée qui se déploie. C'est ça, c'est exactement ça. Plutôt que d'anéantir dix visages anonymes s'en tenir à un seul connu de millions. Lui voler en même temps que sa vie un peu de sa majesté, comme un scalp. Ce qui n'est alors qu'une idée la remplit d'une orgueil immense et luciférien, déjà elle est l'égale du Grand Homme puisqu'elle peut l'anéantir et l'euphorie la submerge comme si elle l'avait déjà fait, elle plane au panthéon des régicides adulés et honnis qui défont les rois d'un coup de poignard ou de pistolet à grenaille, les chevaliers noirs qui sont le visage de l'Histoire, si supérieurs aux bouchers moroses du djihad armé, et aussi vrai que personne n'a retenu l'alcoolisme névrotique de Lee Harvey Oswald, personne ne saura les humiliations enfantines de Jenny, pour ne retenir que Chafia Al-Faransi, surgie du néant pour étonner le monde.

L'état de joie paroxystique de Jenny étira sur sa face étroite ce qui devait être le plus éclatant sourire de son existence. Il se maintint quelques longues minutes, même après qu'un voyageur inconscient l'eût invitée, en termes peu amènes, à ne pas bloquer l'accès à la borne automatique RATP.

*

Le véhicule a pilé. Karawicz n'a pas rêvé. Le véhicule est bel et bien à l'arrêt, depuis dix secondes au moins. C'est un événement assez extraordinaire : le cortège présidentiel ne s'arrête jamais avant d'être arrivé à destination. Le président se meut dans un monde facile et un peu irréel, en mouvements rapides et fluides, en dehors de la vie. Le Paris qu'il sillonne est toujours un Paris du milieu du mois d'août, déserté comme à la veille d'une catastrophe.

Karawicz a levé son nez de ses papiers, et jette un regard furibard au chauffeur dans le rétroviseur. Il est l'homme d'une seule hantise : que les choses ne se passent pas comme prévu. Le chauffeur devance ses récriminations :

– Je n'y peux rien, monsieur le conseiller. C'est la voiture de tête qui s'est arrêtée.

Karawicz lève les yeux au ciel. Il tapote furieusement son stylo chromé contre la boucle du porte-document.

– Il ne manquait plus que ça...

Il pense à la rue de la Ferronnerie, au cocher qui houspille les porteurs d'eau, aux gardes du corps inquiets, au carrosse si vulnérable, le roi guilleret comme à son habitude... Les portières claquent, les voix grésillent dans des talkies-walkies. Slalomant entre les véhicules à l'arrêt, des hommes en noir jettent des regards vaguement anxieux à la ronde, aboyant des ordres et des contrordres. Bruits et images d'État. Costumes, oreillettes, motards, lunettes fumées, casques, porte-mains, documents. Le président n'a pas bougé. À travers la vitre teintée il regarde le cirque de l'État qui s'affole, avec une curiosité détachée. C'est pour lui que tout ce monde court, s'interpelle, vocifère, mais il n'a pas l'air de s'en rendre compte. Timidement il demande :

– Que se passe-t-il ?

Le chauffeur baisse la vitre, apostrophe un motard, échange quelques mots avec lui et se tourne à demi avec un rictus embarrassé.

– C'est un chat, monsieur le président. La voiture de tête a percuté un chat, voilà... Ne vous inquiétez pas.

Karawicz prend le parti d'un rire nerveux. Le chat inopportun, et surtout les nuages trop bas, leur panse menaçante, lourde à toucher les toits, tout ce bordel lui déplaît énormément et, pire, le trouble. Qu'un animal insignifiant puisse faire dérailler la mécanique bien huilée d'un déplacement présidentiel, voilà qui est simplement insoutenable. Ses mains triturent sa ceinture de sécurité, palpent l'accoudoir central. Le chauffeur, lui, garde les mains sur le volant : il est résigné, affichant un parfait contrôle de lui-même, et même une certaine distance philosophique.

Quelques passants s'agglutinent le long du trottoir, des deux côtés de la rue. Ils plissent des yeux, tentent d'apercevoir les passagers de la berline aux drapeaux, la Peugeot 607 Paladine. Sur les terrasses des cafés avoisinants, les bourgeois hissent comme des périscopes leurs têtes congestionnées pour voir quelque chose et le raconter à leur commère. Les serveurs ont arrêté leur service. On va repartir. De nouveau les portières claquent, les moteurs bondissent et le cortège s'ébranle.

Le président écrase sa joue contre la fenêtre. Il scrute le bas-côté, autant que le permettent ses yeux malades. Il veut voir ce qu'on lui cache, la petite chose puante qui a fait dérailler toute la belle mécanique. Contre sa pommette la vitre est délicieusement fraîche. Quelques mètres encore et il aperçoit le paquet de poils qui repose dans le caniveau. L'animal est couché sur le flanc à côté d'une petite masse violacée, sombre et luisante. Le président ajuste ses lunettes, commande au chauffeur de ralentir. Ce sont les intestins du chat, qui se déploient comme une guirlande dans le filet d'eau sale.

*

Bientôt Daniel Radcliffe connaîtra son nom. Il n'approuvera probablement pas son geste, peut-être même qu'il se fendra d'un message condamnant toute forme de violence sur son compte Twitter. Mais il connaîtra son nom et son visage, qui défileront sur les chaînes d'information continue. Oui, son nom s'invitera dans une conversation de Daniel Radcliffe, elle entrera dans le cercle très fermé des gens dont l'existence est connue de lui, et cette pensée lui fait chaud au cœur. Il ne la trouvera pas belle, bien sûr, Jenny ne se fait pas trop d'illusion de ce côté-là. Mais elle espère qu'il lui trouvera du chien.

À l'entrée de la rue Meslay, une barrière de sécurité et une camionnette sérigraphiée lui indiquent qu'elle approche du but. Son cœur danse à nouveau la samba. Pas encore aussi vite que ce matin, lorsqu'elle a croisé les Néerlandais, mais ce n'est qu'une question de temps. Dans quelques minutes il cognera à lui péter le thorax. Des badauds passent des deux côtés de la barrière sans que les policiers ne s'inquiètent de les fouiller. Des retraités, des mères de famille et des enfants, quelques marginaux, enfin la faune qui se rend aux commémorations en plein milieu de l'après-midi. Chafia se mêle à un groupe. Un des flics tient en laisse un chien renifleur qui fixe sur elle ses petits yeux de gestapiste. « Il sait », se dit-elle. Elle se souvient de la prouesse du sorcier Alastor Maugrey, dit « Fol-Œil », qui parvient à distinguer Harry Potter malgré sa cape d'invisibilité. Il n'était pas très difficile de comprendre que Sir Maugrey n'était qu'un avatar de l'immonde « Borgne Grand Menteur », le Messie Trompeur des *hadiths* à la puissance phénoménale, capable de ressusciter les morts entre autres tours de passe-passe, régnant d'une main de fer sur une armée de djinns répugnants. Chafia déglutit. Le clébard fouette l'air de sa queue, ses flancs sont parcourus d'un frisson continu et ses yeux jaunes ne lâchent pas les siens. Il va aboyer, les flics vont l'extraire du groupe, lui demander d'ouvrir son sac et découvrir le Glock. L'idée la traverse que le puissant Alastor Maugrey, membre de l'ordre du Phénix et du prestigieux département de la Justice magique, s'est réincarné en berger allemand de la police nationale.

Elle bloque sa respiration, accélère le pas : accoudés contre la barrière, les quatre flics bavardent en attendant l'effectif qui les relèvera. Ils n'ont pas un regard pour Chafia quand celle-ci passe à leur hauteur, visage cramoisi, les deux mains cramponnées aux bretelles du sac Eastpak.

La cape d'invisibilité, à nouveau. Dieu est donc là, quelque part, flottant au-dessus d'elle dans l'air coupant, l'enveloppant de sa bienveillance infinie, et elle regarde le ciel à tout hasard avant de se raviser, consciente qu'il n'est pas seulement vain mais criminel d'exiger de Lui qu'il prenne une forme quelconque, Lui qui ne connaît pas de visage. Dounia avait été assez claire sur ce point, sur le côté *haram* de la chose et pourtant Chafia aurait bien besoin qu'Il apparaisse, là, maintenant, sous les traits d'un vieillard à la barbe soyeuse et aux yeux très bleus. Elle s'arrête et se laisse dépasser par un groupe de seniors guillerets, bien décidés à profiter à fond de leur retraite.

Elle ne les voit pas.

À une centaine de mètres devant elle, une géante de bronze lui indique qu'elle est arrivée au port. C'est elle, la grasse femelle satisfaite, toisant depuis son socle les idolâtres qui viennent sacrifier à son culte asséchant, bardée d'attributs kitsch, les hauts-reliefs de la République en toc, les colifichets, les gris-gris, les lions de cirque, l'épée de parade, le bonnet phrygien, tout l'attirail frelaté de la putain insubmersible hissée sur un pavois d'hérésies, portée depuis deux siècles par tous les proviseurs à bouc et les papa Marchand, fraudant le droit divin avec son abominable désinvolture de resquilleuse voltairienne, le fameux esprit français, cette éloquence de petits marquis foireux qui lui a tant manqué et peut-être est-elle la cible véritable, Chafia ne sait plus, elle a surtout envie de mourir.

C'est ici.

Place de la République.

Le théâtre des opérations.

Elle essaie d'apprivoiser l'espace, la vaste esplanade rectangulaire, les platanes aux entournures, et la multitude de petits signaux criards que sont les enseignes d'un *McDo* et d'un *KFC*, une croix de pharmacie, un café baptisé *Fluctuat nec Mergitur* (c'est ce qu'on va voir), toutes les petites choses clignotantes et tapageuses, insensé boxon qui fiche le bourdon sans qu'on sache trop pourquoi, et les autres machins moins grinçants, les vestiges verdâtres du Paris d'antan que sont le kiosque à journaux fermé et la colonne Morris annonçant le combat du siècle, Chafia Al-Faransi contre le Reste du Monde. Demandez le programme.

Il y a aussi des petits fanions tricolores aux balcons des premiers étages. Au-dessus d'elle, le ciel gris prolonge les toits gris. *Le ciel, ce Jour-là, sera semblable à du métal fondu.* Elle voudrait savoir sous quel ciel Dounia a accueilli le feu, si elle a souffert, si elle a eu le temps de sentir la vie se retirer.

Elle se faufile jusqu'à une porte cochère, s'engouffre dans le hall à la suite d'un gosse, attend que celui-ci ait disparu dans l'ascenseur pour ouvrir l'Eastpak, retirer son voile, sortir le Glock qu'elle enveloppe dans le tissu. Elle sort de l'immeuble, tenant le pistolet au bout de son bras replié, l'autre main autour du canon, les deux mains disparaissant sous le voile comme sous un manchon. Il y a déjà du monde sur le trottoir. Les groupes sont en passe de faire foule, parqués derrière les barrières de sécurité, les inusables barrières Vauban.

L'esplanade centrale est vide, fendue en son milieu par un tapis rouge qui conduit à un pupitre de verre, où s'affaire un technicien. Les policiers y font entrer au compte-gouttes quelques officiels qui viennent remplir une estrade, au pied de la statue.

Des hommes cherchent leur place en habitués du pouvoir, hommes mûrs ou carrément vieux qui portent de longs manteaux camel, noirs ou gris. À l'extrémité nord de la place, une camionnette de la télé fait pivoter sa parabole satellite.

Voilà, le décor est planté.

On n'attend plus qu'elle.

Elle est seule : Dounia n'a été qu'un interlude trop court à ce dialogue à vide. Comme ce serait doux de pleurer un peu, s'apitoyer sur elle-même, se raviser. Elle n'aurait pas à rougir, beaucoup auraient renoncé bien avant. Elle est déjà allée très loin. Et puis les conditions ne sont pas idéales, Patrick Marchand lui a raconté un jour une histoire d'arme enrayée à cause du froid. Ce ne serait pas une reculade, juste un report, en attendant que les circonstances soient plus favorables. Comme ce serait doux.

Elle file quelques bourrades pour gagner une place au premier rang, elle marche comme un cheval buté, les yeux rivés sur sa paire d'Adidas, elle se dit que les trois bandes pailletées sont belles comme un blason, elle regarde ses pompes fendre la foule, elle ne veut pas croiser un de ces regards trompeurs qui risquerait de la convaincre qu'il est encore temps de prendre sa part de bonheur, mensonges pense-t-elle, mensonges, hurle-t-elle en silence, elle ne l'a pas eu et ne l'aura pas sur cette terre, mensonges, la vie n'a rien d'autre à lui offrir qu'une grande giclée de sang sur l'asphalte détrempé.

Je suis la louve solitaire.

Quand vous m'aurez vue, il sera trop tard.

Vous prononcerez mon nom en baissant les yeux.

Elle imagine Harry Potter, beau à se damner sous les traits de Daniel Radcliffe, qui lui confierait sa cape d'invisibilité en poil de demiguise avant de l'embrasser goulûment. Chafia-Jenny ferme les yeux et se concentre sur cette vision : Harry Potter forçant le passage de ses dents avec sa langue, Harry Potter lui roulant une pelle d'anthologie, puis disparaissant d'un coup et la laissant pantelante, la cape d'invisibilité entre les mains. « Merci, Harry ! » lancerait-elle à tout hasard, pleine de gratitude.

À présent elle est écrasée contre la barrière de sécurité, elle a froid, elle a mal, elle a peur. Elle est arrivée au bout de son chemin solitaire, la dernière station du calvaire. Elle serre le Glock sous son voile chiffonné. Elle passe le doigt sur toute la longueur du canon et il est interminable.

Tirer la glissière d'un coup sec, viser, tirer. Tirer viser tirer.

Je suis Chafia Al-Faransi. Je suis en nitroglycérine et je voudrais qu'on me plaigne un peu.

La place de la République est déjà pleine comme un œuf, mais le public continue à affluer depuis les boulevards attenants, une masse aveugle qui presse Chafia contre la barrière. Elle se demande ce que les gens cherchent en la poussant ainsi, l'acculant littéralement au bord du crime, mille, deux mille épaules contre la sienne pour la soutenir et l'empêcher de flancher, comme s'ils voulaient l'aider, thérapeutes bénévoles et directifs, l'assister dans cette purification par le feu.

Impossible de bouger d'un centimètre. À sa droite, un type en loden, cheveux en brosse, a assis son fils sur la barrière et le gosse laboure les côtes de Chafia avec son coude pointu. À sa gauche elle est cernée par une touriste américaine et son énorme poitrine, deux meules nourries au blé du Wisconsin qui exhalent une odeur d'eau de Cologne.

Elle les hait tous, ses contemporains, les hommes si tranquillement cruels, si terriblement tranquilles, sûrs de leur bon droit, de l'excellence de leurs choix individuels, elle hait leur arrogance hallucinante dans l'exercice de leur droit à vivre, leur monstrueuse vanité, elle les hait de faire d'elle une anomalie, elle se hait de s'en laisser convaincre et à ce moment précis elle a la certitude que sa décision est la bonne, qu'elle est la seule *raisonnable.*

Chafia a le trac.

Il y a tant de monde. Elle voudrait commettre ce meurtre à l'écart, sans témoins. Elle s'en sortira peut-être, après tout, et alors il faudra faire bonne figure, regarder en face la foule hostile ou simplement curieuse qui tendra le cou pour l'apercevoir, tandis qu'on la poussera dans un fourgon de police. C'est peu probable, cependant. Les anges noirs veillent depuis les toits : les snipers dont les silhouettes se découpent sur un ciel vitrifié. Et pourtant le trac est bien là, enfin une gêne, une honte de petite fille. Elle a peur qu'on lui en veuille d'avoir tout dérangé. Non pas la honte de l'assassinat lui-même mais celle de la panique générale, le sang qui éclabousse la chaussée, les morceaux de cervelle sur la voisine américaine, la belle cérémonie foutue en l'air à cause de ses états d'âme d'adolescente demeurée.

Et Jenny se souvient qu'elle n'a que quinze ans. Il serait facile de monter dans le premier train pour Nevers, se jeter dans les bras de sa mère et lui demander pardon, se cloîtrer dans sa chambre d'enfant, se pelotonner contre ses peluches au milieu des livres familiers. Le pavillon de Sucy serait un nid paisible où il ferait bon passer encore quelques années, s'inscrire en CAP hôtellerie, collecter des forces avant d'affronter la vie.

Au lieu de quoi sa main droite serre la crosse et la gauche agrippe fermement la culasse et la tire, d'un coup sec.

La balle s'introduit dans la chambre en deux cliquetis précis.

Chafia avale une goulée d'air froid. Les tambours de guerre lui battent les tempes. Est-ce qu'elle est folle ? La folie serait surtout de vivre en morte-vivante. Elle sait qu'il faut se méfier d'elle-même, ne pas faire confiance à Jenny, petite gourde prête à se débiner pour laper la gamelle que lui tendra Marion Marchand. La peur de mourir fait danser de petites flammèches derrière ses paupières. La peur de vivre la travaille plus bas, plus profond, là où mûrissent les décisions. *Nous aimons la mort comme vous aimez la vie...* Merah aurait pu ajouter, *nous avons peur de la vie comme vous avez peur de la mort.* Chafia ferme les yeux, rentre au-dedans d'elle-même et voit Daniel Radcliffe, beau comme un dieu dans son uniforme floqué aux couleurs de Gryffondor. Il plante ses yeux dans les siens et articule lentement le verset cent quatre-vingt-onze de la deuxième sourate : « Tuez-les partout où vous les rencontrerez »...

Le gosse juché sur la barrière lui assène un coup sur la nuque. Il bat des bras, littéralement possédé, suffoquant de joie enfantine. Sur l'estrade les conversations meurent d'un coup. Les ministres portent leur main au ventre pour fermer le bouton de leur veste. La jument du Wisconsin explose en glapissements d'excitation : « *Oh ! my God ! Oh ! my God !* »

*

Dans un silence de cathédrale le cortège pénètre sur la vaste place : six berlines, dont l'une, en troisième position, est piquée de petits drapeaux tricolores.

« Présentez... armes ! » glapit un officier.

De nouveau, les bruits de l'État : ordres qui claquent, gardes républicains changés en statue de sel, nuques raidies, haussements de menton. Au-dessus des têtes, les respirations forment de petits panaches de vapeur. Un huissier se précipite et ouvre la portière gauche de la voiture aux drapeaux.

Une seconde passe, s'étire exagérément, paresse.

Saint-Maxens s'extirpe lourdement de la banquette en s'appuyant au bras de l'huissier. Au même moment la fanfare fait exploser *Le Chant des partisans*, un chœur de pupilles de la nation l'accompagne, une soixantaine de gamins affublés d'une pèlerine bleu marine qui élèvent leurs voix pures vers là-haut, vers le ciel, tandis que quelque part au-dessus des têtes, des snipers ajustent, tranquilles, leurs instruments de travail. « Le vol noir des corbeaux sur nos plaines » et « les cris sourds du pays qu'on enchaîne », tout cela marche assez bien, un vétéran fond en larmes et son drapeau tressaute au rythme de ses sanglots. Les corbeaux ne sont pas bien loin, d'ailleurs : sur la tribune, Benevento et ses soutiens peinent à réprimer un sourire en suivant la démarche claudicante du Vieux.

Saint-Maxens avance à pas comptés, flanqué de l'huissier et de Karawicz – l'évêque cacochyme et ses thuriféraires. Il jauge rapidement la tenue de la fanfare républicaine, plantée sur trois lignes impeccables, tambours à terre et clairons le long du corps, silhouettes carrées par les épaulettes. Il passe en revue le régiment de cavalerie, torses bombés que barrent des cordons de gala, mentons virils pris dans une jugulaire d'acier. Il embrasse d'un œil de propriétaire le bel agencement des corps civils et militaires, le contraste des étoffes, les silhouettes racées des chevaux de la garde, l'éclat des casques sur les nuques martiales. Le froid intense raidit les hommes autant que la solennité. Le président apprécie en connaisseur la sobriété d'un protocole qui a su résister à l'écueil de la mascarade. Guindé mais républicain. Pas de fioritures excessives, pas de kitsch. Du lourd, du régalien.

Il prend son temps, de toute façon il n'a pas vraiment le choix, il est bien incapable de lancer les grandes enjambées qui l'ont conduit au sommet. Il prend son temps, il n'y aura peut-être pas de seconde fois. Ça ne lui déplaît pas de leur imposer à tous son tempo, au cas où on aurait oublié qu'il est encore le patron. Pour quelques semaines, quelques mois encore.

Ce soir l'ennemi connaîtra le prix du sang et des larmes...

Sur le trottoir, parqué derrière des barrières Vauban sur toute la longueur de la place, le public. Karawicz a fait du bon boulot : une foule dense, compacte. Des vieux, des mères de famille, des enfants, piétinant dans le froid. Pas de trace d'activistes vociférant, entarteurs, dépoilées Femen ou étudiants farceurs. Entassée sur le large trottoir, la foule qui frissonne de désir. Les voix d'enfants, et aussi celles des femmes, pleines, gracieuses, comme des bouquets jetés sur scène. « Monsieur le président ! » Des centaines de main tendues, une forêt de mains.

Saint-Maxens se tourne vers son conseiller, cligne de l'œil, égrillard. Il prendrait bien un petit bain de foule. « Quand même, Karawicz. Tous ces gens qui ont attendu dans le froid. »

Sans même écouter les protestations du conseiller, il exécute un quart de tour et se dirige vers le public.

Les petits choristes s'époumonent au milieu de la place immobile : *Ohé, les tueurs, à la balle et au couteau, tuez vite...*

« Facile à dire, ducon », siffle Chafia entre ses dents. Le président a marché vers la foule mais n'a pas pris la bonne direction. Il est allé serrer des pognes à une cinquantaine de mètres, à sa gauche. Elle ne peut pas dégager son bras et encore moins le passer par-dessus la barre métallique. Le président est loin, trop loin, même si elle parvenait à dégager son bras il faudrait encore le mettre en joue et c'est rigoureusement impossible, l'Américaine est penchée de tout son buste sur la barrière et tend son long cou pour l'apercevoir, on dirait une dinde de Thanksgiving.

C'est toi que je vais finir par buter, connasse.

Chafia ne sent plus vraiment ses jambes, chacun de ses membres ankylosés conspire à son échec, alors elle serre les dents et se concentre sur la mécanique à sa disposition, la chambre parfaitement cylindrique où la petite ogive tout aussi parfaite attend sagement d'être propulsée vers sa cible à la vitesse de trois cent cinquante mètres par seconde pour détruire le réseau des chairs et des vaisseaux sanguins, elle pense à l'ogive qui patiente dans le boyau lisse du Glock. Elle s'apaise un peu.

*

J'arrive, les enfants. Comme je vous aime, Français. Comme j'aime votre amour et votre gratitude. À moins que ce soit de la pitié, votre fond de sauce judéo-chrétien. Ou bien le charme inusable que l'on concède aux vieilles gloires quand tout a foutu le camp. Non, vous m'aimez, je le sais. Je vous ai déçus mais vous êtes encore là, vous m'avez donc un peu pardonné. Laissez-moi toucher vos mains, je ne m'en lasserai jamais, calleuses ou délicates, mains de malades ou pognes franches. Surtout celles des enfants qui savent si bien absoudre. Je les baiserai comme vous baisez les miennes, qui sont bien abîmées tant elles ont travaillé pour vous. C'est bien, comme cela.

Il est trop loin.

Il fait quelques pas le long de la barrière pour signer d'autres autographes, faire d'autres bises mouillées. Il fait ces pas dans sa direction mais ça ne suffira pas, il est trop loin. Quarante mètres, pas moins. Deux gardes du corps lui collent aux basques et il leur demande de s'écarter un peu. À sa gauche un petit homme court lui tient le bras, il le manipule précautionneusement, comme on manipulerait une porcelaine de Sèvres, il le guide. Il écarte brusquement une paire de mains qui s'approche trop près, puis il chuchote quelque chose à l'oreille du président.

Que dis-tu, Karawicz ? Me ménager ? Évidemment, tu as raison. Mais je n'ai pas envie d'être raisonnable. Contente-toi de me soutenir un peu.

Tu ne sais pas ce que c'est, toi.

Se laisser happer par le désir des autres comme on se laisse faucher par une vague. Ces brassées de mains. Et les sourires. Pas les sourires cyniques de ceux qui t'attendent au tournant, non. Les bons sourires des enfants qui ne pensent à rien d'autre qu'à leur plaisir de me voir, moi. Candides, eux. Leurs petites menottes pas plus grosses que mon doigt. Et les mamans, et les vieillards qui veulent que je les touche, que je les guérisse. Les anciens combattants à la narine frémissante. Pourquoi est-ce que je bouderais mon plaisir ? Le dernier qui me reste. Tu peux prendre ton air consterné, Karawicz. Tu peux te moquer avec les autres. Je prends le plaisir là où il est à prendre, c'est tout.

Comment n'a-t-elle pas prévu le coup ? Pourquoi s'est-elle contentée d'un seul repérage ? Qu'est-ce qu'elle a cru, la petite écervelée ? Qu'il suffisait de se pointer avec une arme et de faire feu ? Il y a des règles. On prépare les choses. On réfléchit. On loue un appartement, on utilise une carabine à lunette. Le frère a eu raison de se payer sa tête de pisseuse. Quelle conne tu fais Jenny. Une fois encore tu as rêvé éveillée, tu as cru que tu pouvais faire autre chose qu'effleurer le cours des événements. C'est fini, il ne viendra jamais assez près, il va rejoindre la tribune, hors de portée. Le sang afflue sur ses joues, elle respire un peu, elle est déçue, elle est rassurée. Le sang ne coulera pas. Elle va rentrer à la maison, fille prodigue, crottée de frais, sonner au portail du pavillon, en espérant que sa mère explosera en petits cris de joie, son père soulagé au point d'en oublier d'assener la gifle pédagogique, les deux parents tuant le veau gras pour célébrer le retour de l'être aimé.

Bientôt tout sera consommé.

Laissez-moi vous chérir, continuez de tendre les bébés à bout de bras. Et vos mains. Laissez-moi les pétrir par grappes, faire une moisson de vos petites mimines. Doucement, chacun son tour. Et vos cris si gais, femmes et polissons, vous qui vous offrez sans retenue, sans réserve. Laissez-moi les attraper au vol. Ne bougez pas trop, je vous vois mal. Là, bien calme. Ne m'oubliez pas trop vite, et gardez-vous des aventuriers et des séducteurs. On veut m'éloigner de vous, vous savez. Ils vont ont montés contre moi et aujourd'hui ils disent que vous ne m'aimez plus... Éternels crânes d'œuf incapables, forts en thème, idiots ratiocineurs ils n'ont rien compris. Aveuglés qu'ils sont par leurs courbes asséchantes. Ils ne comprennent rien, ils ne ressentent rien, ils ne vous aiment pas.

Chafia regarde, il n'y a rien d'autre à faire que regarder. Le petit homme court passe le bras derrière le dos du président et lui étreint l'épaule, une nouvelle discussion s'engage à voix basse entre les deux hommes, un aparté fugace, leurs fronts se touchent presque, et puis le vieil homme hoche la tête, et le petit homme court relâche son étreinte. C'est fini, ils vont regagner la tribune. Chafia est redevenu spectatrice, elle a retrouvé les dimensions naturelles de sa vie, microscopique, on n'entendra jamais parler d'elle, elle replonge dans le néant, elle n'existe plus.

Oui, Karawicz, j'arrête. J'ai fini, j'ai eu mon compte, j'ai fait ma dernière moisson. Le vieux corps me lâche, l'air me manque, attends que j'en prenne une grande lampée. Je... Peuple incompréhensible, cher vieux peuple incompréhensible et velléitaire qui me témoigne bruyamment son affection et qui pourtant ne m'aime plus. Je viens, Karawicz, je viens. À mon rythme, à la mesure de mon corps brisé.

Le vieux a caressé une dernière fois la barrière Vauban, à regret, comme un éleveur caresserait une dernière fois l'enclos où paissent ses bêtes favorites promises au couteau du boucher et puis il a tourné les talons. Ils regagnent la tribune, ils ne reviendront pas. Les gardes du corps suivent à distance. Chafia les regarde s'éloigner et derrière elle il lui semble que la foule entière ricane, montre du doigt l'arme inutile, rendue à son sort de joujou. Elle ne tuera pas. Elle pourrait lâcher une balle au hasard, un feu de détresse dans le ciel vide, ce serait toujours quelque chose, ce serait mieux que rien, mais non, précisément, elle ne fait rien, c'est encore ce qu'elle fait le mieux. Elle a un petit rire nerveux, sonnée d'avoir vu passer le destin. À côté d'elle, toujours juché sur la barrière, le gosse lui hurle dans les oreilles : « Monsieur le président ! »

Pas trop vite, mon vieux. La tribune ne va pas s'envoler, ils attendront, on attend toujours un président. Non, attends, Karawicz, attends. Je crois qu'il y a un enfant, là-bas. Je jurerais. Un petit Gavroche perché sur sa barrière, qui bat des mains.

« Monsieur le président ! »
Le gosse l'a appelé, deux fois. Une jolie voix d'enfant, bien timbrée, une voix claire et pointue. Le président revient sur ses pas.
Il vient vers elle.
Il vient droit vers elle, comme s'il l'avait choisie entre mille, comme s'il savait.
Chafia pense aux assiettes du ball-trap, dans le ciel de Nevers. « Au fond, c'est assez facile », disait Patrick Marchand en quittant le stand. Elle place l'index sur la détente.

Bye-bye, Jenny la *Louse*, Jenny de Sucy, bonjour Chafia l'incendiaire, amazone intraitable au regard sans détour, chatte esseulée devenue louve solitaire, ange de mort plus redoutable que la mort elle-même, reine de l'Apocalypse, mon Nom s'inscrira en lettres sanglantes dans vos livres d'Histoire. Vous le haïrez peut-être mais vous le retiendrez à coup sûr, et vous regretterez trop tard de ne pas m'avoir fait une place, une petite place, je ne demandais pourtant pas grand-chose. Jusqu'à la fin de vos jours vous serez dévorés par le remords, idolâtres et hypocrites, *kouffars* et Satans, celui de m'avoir fermé à la gueule la porte de vos paradis terrestres, et craché votre mépris.

Il bat des mains, le mignon. Brave Karawicz, tu ne comprends rien à rien. Fous-moi la paix avec tes prévenances de garde-malade. Laisse-moi profiter une dernière fois. Un baroud d'honneur, si tu veux. Bientôt ce sera fini, mais pour quelques instants encore je suis là, seul capitaine à la barre. Si seulement ces taches de lumière voulaient se préciser un peu. La forme d'un visage, ce serait déjà quelque chose.

Il s'est approché.

Il est à quelques mètres d'elle avec sa carnation bien visible, non plus sa reproduction bidimensionnelle des écrans de télévision, non plus le corps céleste de roi thaumaturge ou la statue lisse du musée Grévin, mais bien Antoine Saint-Maxens, vieillard singulier, picard et malvoyant, silhouette plus haute qu'elle ne l'imaginait, occupant un minuscule carré de cette place où ils se trouvent tous les deux, si proches qu'elle pourrait compter les taches brunes mouchetant la chair flasque entre l'arête du nez et la naissance des cernes, vieillard extatique, ses yeux de noyé fixant un point indéfini, au-dessus de la foule, la main cherchant à l'aveugle, manifestement guidée par le cri de l'enfant, manquant une première fois sa cible avant d'accrocher la petite pogne, la serrant avec une joie sénile et désespérée ; et Jenny voit chacun des détails minuscules qui font un homme, l'alliance qui flotte un peu sur la main décharnée, délicate, boursouflée d'un écheveau de veines bleues ou violacées, elle aussi semée de taches brunes qui disent le chemin parcouru aussi sûrement que les fines rides qui strient le front en rangs serrés, depuis la naissance des cheveux jusqu'au léger bourrelet suborbital. Et Jenny sent son crâne s'embraser, le Glock battant la mesure de ses hésitations, cognant contre les barreaux de la Vauban à une cadence de moins en moins contrôlable, et Chafia est pétrifiée devant ce mystère de l'incarnation et elle se dit qu'il serait plus facile de tuer Dieu lui-même que ce grand-père au regard perdu.

Tu es plus intelligent que moi mais tu ne comprends rien. Entre ce peuple et moi, il y a un lien parce que je l'ai incarné, insuffisamment certes, mais je l'ai incarné. Invisible et charnel avec cette terre millénaire et ses habitants étranges. Tu vois, ton vieux Saint-Maxens a appris tes leçons. Ton prêchi-prêcha, le Général, les pêcheurs de l'île de Sein. Je ne t'avais pas attendu, d'ailleurs. Liberté Égalité Fraternité. La France qui n'est pas une addition d'individualités mais un corps vivant dont il faut respecter les lenteurs et les mouvements profonds. L'Église de saint Paul. Unité, Rassemblement. Ordre et Progrès mais surtout Concorde et Unité et Rassemblement. Tes éternelles rengaines de vieux toqué, elles sont devenues les miennes. Cher vieux pays. Tu en as ta claque, et tu veux essayer l'inconnu. C'est dans ta nature, tu as parfois envie de te griser de vitesse, pour voir. Essaie donc. Je vais partir, je vais aller m'enterrer dans un coin de campagne, tu n'entendras plus parler de moi. Et pourtant je te manquerai plus tôt que tu ne peux l'imaginer.

Il est devant elle.

Regardez-moi bien en face, vous les associateurs, vous les pourceaux que la vie a traités comme des rois, vous les faussaires, vous les artificieux, vous qui savez si bien les trucs et astuces de l'existence, regardez-moi, imprimez ma tête de morte, regardez-moi, Français, avant que pleuvent les balles de vos soldats. C'était le visage de Chafia Al-Faransi, et il vous hantera.

*

Elle tire, à travers la barrière, à bout portant.

L'onde de choc traverse son bras comme une flèche, jusqu'à l'épaule. Le sol vacille un peu et la détonation remplit la place, prenant appui sur les façades grises, rebondissant de fenêtre en fenêtre. Elle est encore dans l'air froid lorsque meurt *Le Chant des partisans*, fauché au milieu de son troisième couplet. Trois mille personnes ont baissé la tête d'instinct, comme si les tirs venaient des toits. D'abord ils ne disent rien. Le silence perplexe des gens qui se demandent s'il ne faut pas applaudir un effet de scène ou une mauvaise farce. Alors Chafia tire encore, moins pour tuer que pour secouer cette apathie collective, et elle accueille avec soulagement le hurlement inhumain qui monte d'un coup, à quelques centimètres de ses tympans, comme une alarme-incendie, sur une seule note suraiguë, celui de la grosse Américaine, presque immédiatement accompagné par une clameur immense, une clameur de stade, la foule qui comprend que les tirs viennent de son ventre.

Chafia tire, une troisième fois.

De sa lance étincelante elle poursuit les *kouffars* grimaçants et surtout Jenny Marchand, cette ombre honnie d'elle-même.

Sur son pur-sang ailé elle fend la foule compacte de ses propres cauchemars, les hérauts d'armes chantent à tue-tête des *nashids* entêtants et au-dessus de sa tête claque la bannière noire du califat. Au moment où la première balle lui emporte le poumon droit, elle voit distinctement le visage du Prophète : il a les traits aimables de Sir Albus Dumbledore.

Remerciements

Ma gratitude va à mon éditrice Dana Burlac et à sa complice Lize Veyrard. À Lisa Liautaud et à Alice d'Andigné, aussi.

À Antoine Van Rie, Gonzague de Lavernée, Cyprien Andres, Claire de Vismes, Paul Fortin, qui m'ont fait le cadeau de leurs avis sagaces et bienveillants. À Fanny Vial pour notre conversation du Thalys.

À mon cambrioleur, qui m'a délesté de quelques illusions d'apprenti romancier.

À mon Clairon et ma Frida.

La couverture de *Sœur* a été imprimée sur
une carte Rives Sensation tactile Gloss
avec un marquage à chaud coloré n° BL21.
Les polices utilisées sont la Domaine Display
et la NewParis Headline.
L'ouvrage, composé en Romain BP,
est imprimé sur papier Aura.

Imprimé en France par CPI
en août 2019

Composition et mise en pages
Nord Compo à Villeneuve-d'Ascq

N° d'impression : 154428